U0130451

心情的配方

江　迅

目錄

A

B

C

D 169

A

心情的配方

有一種愛情叫「肺炎時期的愛情」

疫情只隔離病毒，不隔離愛情。封城封路不封情，隔山隔水不隔心。新型冠狀肺炎疫情下，接連過了中西兩個情人節。2020年的情人節，註定與眾不同。突如其來的疫情，讓情人節變了樣兒。中國情人節有三種說法，元宵節是其中之一。元宵節後6天，是西方情人節。2020年適逢雙春兼閏月，傳統習俗宜嫁娶，這些日子理應結婚旺季，但愛情終究不敵疫情，有消息說，約八成新人延期婚禮。

人們回憶起這段時期的戀愛，將其稱為「肺炎時期的愛情」：沒法和心愛的人手牽手出門，沒法共度浪漫的燭光晚餐，連彼此見一次面也困難了。說三個段子：

之一。女說：「親愛的，我好想你。」男說：「我也是。」女說：「異地戀實在是太難了。」男說：「要熬到哪年哪月啊。」其實，這對男女只是住在相鄰的不同社區，兩幢樓距離才500米，足不能出戶，距離500米的愛情也叫「疫情異地戀」。遇見是心動的感覺，分開時超級想念對方。即使不能見面，但可以用文字、語音和視頻，將熱騰騰的愛傳遞到心上人心間。戀人忽然感悟：愛的人永遠在身邊，是多麼珍貴難得。

之二。一對男女全副武裝，戴着口罩、護眼罩，隔着一條馬路，各自在面對面的人行道上行走，女的走得快了，男的也隨之走快。他倆用手機談情說愛，隔着馬路一起散步，這也叫「疫情約會」。疫情肆虐下間隔一條馬路的約會，兩顆心竟然還樂得像個小孩，心裏依然甜得冒泡。愛情，不一定需要昂貴的表達。

之三。互相見不了面，在微信發個有寓意的紅包成了戀人的選擇。紅包數額一般都代表着情愛：5.20、520元——我愛你；13.14、1314元——一生一世；99.99、9,999元——天長地久；20.99、2,099元——愛你久久；25.8、258元——愛我吧；25.13、2,513元——愛我一生；20.13、2,013——愛你一生；7.75、77.5元——親親我；8.85、885元——抱抱我；15.73、1,573元——一往情深；19.20、1,920元——永久愛你。

情人節那天，福建福州市第一醫院支援武漢的醫護人員朱瑞值完夜班後，讓人在防護服上寫下對女友的告白：「等疫情結束我娶你」。再說另一件事。中西方兩個情人節中間的那天，湖北省武漢市礄口區廣電江灣新城社區內，一名70歲的疑似新冠肺炎患者梁某，從9樓家中的陽台跳下當場身亡。警方和法醫到現場鑒定，梁某的死不是他殺。梁某疑似感染新冠肺炎，在家中隔離，沒和子女住在一起。梁某跳樓前，只對妻子留下一句「不想連累你」。

不想連累自己心愛的人，於是自滅，令人絕望的愛。這場突如其來的疫情讓人們懂得，世上除了生死，其實都是小事。和生死相比，很多糟糕的事情都不值得一提。這場疫情也讓人們明白愛的珍貴，好好珍惜眼前人，活在當下。

愛情，也是一種疾病。這是法國《羅曼·羅蘭日記選頁》一書中說的。「愛情，是一種疾病，全部神經系統的中毒。有半個月之久，我中毒了。然而，我清醒地批判自己。批判我所愛的女人，但這有什麼用呢？人吃了有毒的蘑菇而中毒，批判難道能對此起什麼作用嗎？」

愛情是「疾病」，疾病中的愛情。2020 年的愛是一種理解和包容，更是一種責任和守護。在這場疫情之下，愛情眾生相，值得每一個人銘記，明白什麼是愛情的真諦。春天是戀愛季節，陰霾終將散去。風雨過後依舊散發綿長的清甜芬芳。近日，段子手的這句頗為流行：不指望煙花三月下揚州，只但願煙花三月能下樓。

66 封「情書」：劫後餘生學會愛

疫情下，香港安老院不允許探訪。阿芳由觀塘走到深水埗的安老院，只為了與中風的七旬丈夫興全，隔着玻璃門相見 15 分鐘。那天讀明報頭版頭條，那幅大照片催人淚下。她和他隔着落地大玻璃，她的手「觸碰」他的手。她說：「他對我不離不棄，我也不離不棄對他。」

這邊是香港的安老院，那邊是上海的社會福利院。疫情下，老年人是最為脆弱的群體，養老院也是有故事的地方。66 封「情書」的故事在上海人中流傳。84 歲的張世發寫給妻子沈美珍的 66 張字條，傳遞對身在福利院的妻子的深深惦念。福利院梅州分院離他們家步行 5 分鐘路程，自妻子入院以來，張世發就成了福利院常客，每天早上 6 時半準時「報到」，餵她吃飯喝水、幫她翻身洗腳，晚上 6 時半離開。兩年來風雨無阻。這樣的尋常日子被突襲的新冠肺炎疫情截斷。出於疫情安全考慮，福利院「封院」，不讓家屬探視，一輩子沒分開過的這一雙長者夫婦，無奈暫時分開。

雖然進不了門，但張世發依舊每天都會去福利院，早上 9 時，他帶着自己榨的果汁和夫人喜歡吃的點心，附上一張張小紙條，一起送到福利院門衛室。80天，66封家書情話綿綿。日常生活中幾乎說不出口的「我愛你」，在紙端成為張世發對妻子溫馨惦念。「我們從來沒分開過這麼久，不能見面就寫上幾句話，只是想多給她一些安慰吧。」張世發淡然說。

他在這些「情書」上寫道：「美珍：您好！整整一個月沒看見你，真的好想你，但無奈，由於疫情關係……」「美珍：雖見不到你，但昨晚我夢見你啦……」「美珍：我愛你。聽講你在福利院有時會哭，我心裏很難過，希望你保持心情愉快……」情書故事在網上傳出，網民讀了紛紛暖心留言：「這是最樸素最美的愛情」，「感人表白，戀愛寶典」、「一封封情書太溫暖了」……4月16日是他倆結婚53周年紀念日，1967年他們許下「執子之手，與子偕老」的盟約，用一生的平淡和美好踐行對彼此的誓言。

災難是人心的試金石。病毒面前，家庭淪陷或許易如反掌，但更多的是喚醒了強大的愛的動力。劫後餘生，多學一些愛與被愛。疫情這些日子，許多夫妻整天待在一起，要麼感情增進，要麼互相膩煩。於是，有消息說等疫情過後，婚姻登記處最為忙碌，辦理結婚登記的和離婚登記的都會擠爆。婚姻關係變差的可能存在，但在苦難中相互扶持的肯定更多，不少人迫不及待要與對方定下終身。疫情當前，新人成雙成對走進婚姻殿堂，用行動表達什麼也阻擋不了彼此之間的愛。疫情時期的愛情，或許倉促，或許辛苦，但歲月會證明，這樣的經歷將兩個人的命運更緊密牽連一起。雖辛苦了點，但終究值得，這是一種特殊的深刻的記憶。

一個有趣的現象，或許你根本不會想到。明年將是婦產科看診的爆發期，生育率必會躍升，疫情迫使很多人宅在家，所以明年應該會有很高的生育率。二次大戰的嬰兒潮是大戰結束半年後，才有明顯的受孕人潮，新冠肺炎疫情至今僅有 4 個多月，懷孕大爆發需要半年。據學者分析，一般正常懷孕每個月的機率是兩成左右，如果真的想要受孕，在 3 至 6 個月期間受孕率達八成。新冠病毒疫情有關的生育率，要看 2021 年初至 6 月的出生人數才能定論。

疫後反思：
回歸家庭成一種生活方式

疫情淡化之際，讀好友閻連科的新書《她們》。他跟我說，「這是一本非常有趣的書」。他這本書，散文體裁，近300頁的篇幅，講述25個女子的故事，包括他的上一代：母親、大娘、四嬸、四個姑姑；他的同輩：大姐、二姐、嫂子、妻子、曾經的二個相親對象；他的下下代：孫女；以及，一些不在他生活裏，卻活在一個世界裏的「她們」的生活故事。從「她們」生命的延宕與變遷的歲月中，窺探她們面臨的人生困境和獨有光輝。

閻連科的筆下，再度回歸家庭。讀這本書的時候，總是忍不住想起自己身邊的「她們」：夫人、女兒和外孫女。這種「想起」，也是一種「回歸家庭」。

「回歸家庭」成了這場新冠肺炎疫後話題。大災大疫大戰是國家大考。面臨大考的不僅是國家，這場全民戰役無人能置身事外。一場突如其來的疫情，令生活急煞車，按下「暫停鍵」，給人們的生活、人們所在的城市，帶來太多變化，生活方式在不知不覺中悄然發生改變，疫情給人們帶來反思和警省。有人反思，一菜一公筷、一湯一公勺。有人反思，戴口罩，勤洗手，管住嘴，常健身，少聚集，別熬夜……更多人嘗試回歸家庭。生活腳步放慢了，多了陪伴親人的時間，有了「家人閑坐、燈火可親」的親情時光。防疫終極贏家，是讓防疫成為一種生活方式。

很多人有自己的家庭，但很多人的家庭卻不像家庭。北京一位朋友是基層一名官員，家距離政府機關有點遠，他擔心堵車，於是每天很早就要出門開車。他出門時，孩子還在睡覺。當他忙碌了一天，還常常要加班，他回到家，孩子早就睡着了。他和孩子雖然都天天住在一起，但他每個月能見到孩子幾天呢？這是一種隱形的「留守家庭」。在快速發展過程中，不管是一線城市，還是一些小城市，父母為了能換取更好的家庭生活條件，於是離鄉背井，到另外一個城市去打工，孩子則留守在原地，由爺爺奶奶帶大。很多中國人過的都是留守家庭生活。

每個人原本都在快速行走，疫情襲來，所有人都不得不停下來，重新審視自己的生活。疫情給了人們一個機遇，終於有機會夫妻倆能在一個屋簷下和孩子一起共同相處一段時間了。一家人研究研究一個菜譜、一個食譜，自己動手做，不像過去那樣整天點外賣。夫妻之間有時間溝通了，不再像過去那樣，遠離了家庭的本質，吵架的時候都是趕着嘴吵兩句，然後馬上就忙自己的事情去了。疫情給很多不能真實活在家庭生活中的人一個機會，回歸家庭生活，重新去尋找家庭的本質。疫情下，宅在家，人們放下手機和家人說說話，放下手機去侍弄一下窗台的兩盆花，放下手機整理多年都沒有打開的抽屜……過去的生活都像打仗一樣，沒法做到虛擬世界和真實世界的平衡。

每一次大型的社會事件，都會帶來一些改變。在全民抗疫的日子裏，人們的生活方式和行為習慣已悄然發生改變，疫情也深刻影響着社會心態，人們明白了一個道理：對於家人，理解和陪伴是不可或缺的溫暖，學會體諒每一位家庭成員的不容易。這正是閻連科《她們》一書要告訴讀者的。人生沒有那麼多的來日方長，珍惜每一個當下和每一個相守的日子。這場疫情中沒有過不去的事情，只有過不去的心情，心若晴朗，人生陽光。

宅家享受寧靜也是一種公民素養

有點傷感的開年。幾天來沒有外出應酬，一下子多了一點閒暇時光，宅在家整理一些多年沒時間觸碰的雜物，再讀幾本書，細細品味，有了不一樣的感悟，懂得享受安靜是一劑健康良方。靜，是一種心靈的清風，是一種心靈的環保。

在抗疫日曆上，每天都有正能量的事令人思索，也讓人回味。

這幾天，那張多年前的「葛優躺」照片又火了，在網絡朋友圈盛傳。「寧靜就是給心靈放個假，躺在牀上就能為社會做貢獻的時候到了」，文字雖略帶自嘲，卻給抑塞而懨悶度過春節假期的人們平添些許笑意。近日，有中學生發了一封公開信，要求同學們「學會自律自管，做合格公民」，「面對重大疫情，呆在家裏不給社會添亂，在家享受寧靜，不人為成為病毒傳播或被傳播的載體」，此舉體現了良好的公民素養，正是人文精神在災難面前的閃耀。

公開信倡議學會「在家享受寧靜」。靜，是人的最高素養，讓思想去遠足。

與 17 年前「沙士」不同的是，現代傳播媒介已今非昔比。宅在家裏，寧靜中拿着手機隨時讀各群組的段子。段子一，那天深夜，媒體發布一條震撼全網的消息：中國科學院上海藥物所和武漢病毒所聯合研究發現，中成藥雙黃連口服液可抑制新型冠狀病毒。各大電商平台上的雙黃連口服液瞬間賣空，連牲畜服用的獸藥雙黃連也已脫銷。藥賣完了，一大波段子手趕來。有人說：「這個新病毒帶貨能力超過李佳琦」；「有人拿出雙黃連牙膏，表示沒口服液，吃點牙膏行不行」。有人說：「幸好家裏還有沒吃完的雙黃蓮蓉月餅」。還有人總結了這個魔幻春節，「初一搶口罩、初二搶米、初三搶酒精、初四搶護目鏡、初五搶紫外線燈、初六搶手套、初七搶雙黃連口服液……太刺激了」。寧靜的宅在家裏，讀外面世界的段子也是一樂。

這天臨近中午，步出家門下樓，荃灣海濱公園長堤走廊，疫情籠罩下幾乎不見人影，出奇寧靜。身處荃灣藍巴勒海峽，大海前卻不見波濤，這是一種「靜」。靜是一種禪定，要經年修煉方可得。面對這場疫魔亂舞，溢出種種焦慮感難以避免。

誰能想到，這一代人沒有經歷過的病魔，這個春天都經歷了。人的一生如同大海行舟，有時一帆風順，水清浪靜；有時險灘暗礁，漩渦逆流，這是不爭的客觀現實世界。由此，以靜醫心，務在適時，上善若水，寧靜致遠。有人說：「靜這味主藥，還需配以藥引，淡然是也；還需佐以藥湯，悠然是也」。千百年來，「靜」這一味藥善治凡人通病，是一種內心生發的怡然自得，是一種明心見性的沉澱。

宅在家裏，握着手機，打開電腦，各種真真假假、是是非非的消息充斥網絡，裹挾着每個人的視野。於是，有人焦慮，有人恐慌。消除人們的恐懼要靠科學，打破各種謠言要靠科學。這就需要多讀書多學習。

上班第一天，早在兩個月前就約定，與香港貿易發展局高層午餐，籌劃 7 月的香港書展，據說，今年書展主題是「心靈勵志」。冥冥中有種感覺，這主辦方怎麼早就預測這場疫情會襲來，講究起「心靈」和「勵志」。疫情來襲，珍愛生命的教育尤顯重要。疫情過後的書展，香港人對讀書會有另一番感受吧。

那天讀的是豐子愷的書，他的那幅畫《豁然開朗》給人啟示。「人生苦短，地久天長。豁然開朗，百病良方。眼界開闊，天寬地廣，心境明朗，何有悲涼？」

湖北：
方方、池莉、胡發雲和蔣方舟

在抗疫防疫的日子裏，天天追看湖北作家方方在網絡上寫的犀利文字。「昨天湖北的新聞發布會上了熱搜，好多人吐槽。三個官員的神情，充滿沮喪疲憊，頻頻出錯……湖北官員的表現並不是比其他地方的官員更差。官員們歷來按文件做事，一旦沒有文件，就六神無主。這次事件如同一時間落在別的省，官員表現不會比湖北更好」，「現在我雖然不是湖北作家協會主席，但我還是個作家。我想提醒一下湖北同行，以後你們多半會被要求寫頌文頌詩，但請你們在下筆時，思考幾秒，你們要歌頌的對象應該是誰。如要諂媚，也請守個度。我雖然人老了，但我批評的氣力從來不老。」

喝長江水長大的方方，與她相識 30 年了，她素來風骨錚錚，有尊嚴脊樑，話不重卻振聾發聵。3 年前她的長篇小說《軟埋》，因涉及上世紀五十年代土地改革運動而遭禁，香港書展兩年邀請她來名作家講座系列演講，最終都無法成行。

說起香港書展，我又想到武漢另一位作家池莉，2011 年 7 月我們邀請她來過講座。這位武漢市文聯主

席寫過一部小說《霍亂之亂》，描寫災疫降臨之際的人性與人情，今天讀來，無比嘆服。她在題記寫道：「人類盡可以忽視流行病，但是流行病不會忽視人類，我們欺騙自己是需要付出代價的。」

今天池莉身在湖北疫區中央，她曾學過公共衛生專業，參加過流行病封鎖隔離防治。她說：「可怕的是，有的人一邊自我破壞着隔離，還一邊以愛的名義、情的藉口，大肆地氾濫愛與情。無數人通過微信、抖音、微博，發表無數條煽情文字；超市還在賣菜，是大愛無疆；小販出攤賣菜，是生活情義。有的人，正是出去買了一次菜受到感染，一個人又傳染好多人。目睹這樣向大眾示愛的表情與表現，自以為聰明到連隔離都沒搞懂的人，在網絡上舞文弄墨煽情，我真是欲哭無淚」，「隔離就是戰爭，戰爭必須讓愚蠢無知廉價的愛與情走開」。

今天再讀讀池莉那部書《冷也好熱也好活着就好》，書中對武漢人那種敢於與命運抗爭又不乏務實態度的個性，刻畫得濃墨重彩，頗具現實意義。從池莉的《霍亂之亂》，我想到中國唯一一部以「非典型性肺炎」SARS 為背景的小說《如焉》，作者是我老友、武漢作家胡發雲。這部書是 2007 年初在中國鬧得滿城風雨的「禁書」。此書香港版是足本原版，補回了在內地出版時被刪掉的「敏感」章節，當年就是由我謀劃推介而出了香港版。胡發雲是土生土長的武漢人，如今他每年三分之一時間在奧地利與妻兒相聚。今春訂了機票欲回武漢過年，未料疫情襲來，便留在歐洲。當年，他就說過，「中國沒有單純的天災，背後都是人禍」，日前，他坦言，「17 年後的新型冠狀病毒肺炎是 SARS 重演」。

6 年前的香港書展，曾邀請湖北籍作家蔣方舟。她 7 歲寫作，9 歲出了書，被譽為「天才少女」。身在北京的她說，老家襄陽是個充滿傳奇的城市，是充滿歷史故事的城市，現在「封城」了。在這「非常時期」，不應該對人性過於苛責或陷入對彼此的指責。她覺得現階段能做的，就是去彌合人心、去撫慰人心，多想想為彼此能做些什麼。

和同事聊到今年 7 月的香港書展，忽發靈感，把這些湖北作家都請來，2020 年書展的主題是「心靈與勵志」，他們的舊作品，他們的新思維，不正是心靈曲、勵志篇嗎？

養生貴在養心，閱讀須先靜心

剛收到香港中和出版老總翠玲送來的《鍾南山談健康》一書。疫情下的新聞名人鍾南山院士，被許多人視為「生命男神」：84 歲的年齡，40 歲的身體，30 歲的心態，如何做到？他坦言，「最好的醫生是自己，我的健康我做主」。

書中，鍾南山提出諸多健康新理念，「健康就像一顆空心玻璃球，一旦掉到地上就會粉碎，就一切化為烏有；工作如同一個皮球，掉下去後還能再彈起來」，「健康是條單行線，只能進不能退」，「人，應該學會關愛自己健康」，「20 年前的生活方式決定 20 年後的身體狀況」……他在書中提出了一些操作性強的自我保健和自我檢查方法。

手上還有一本《抗疫・安心：大疫心理自助救援全民讀本》，這是上海科學技術出版社出版的，首印 10 萬冊，贈送給湖北和上海市民。此書由同濟大學附屬東方醫院臨牀心理專家緊急撰寫的讀本，由趙旭東和劉中民主編，分別以醫務人員、疫區群眾、病人及家屬、普通大眾為對象，闡述特殊情況下的心理防護措施。以第一章「大疫，無人能置身『疫』外」為例，有「什麼樣的疫情讓大家如此恐慌」、「疫情來臨時，人們可能有哪些心理反應」、「為什麼明明知道面對疫情要保持鎮定，但總是做不到」……

據悉，新冠疫情發生以來，中國內地各類出版機構已推出紙質書籍、電子書籍、科普折頁、繪本掛圖等出版物百多種，涉及新冠肺炎疫情防控、病理科普等內容。有中國疾病預防控制中心編著的《新型冠狀病毒感染的肺炎公眾防護指南》，廣東省農業科學院組織專家撰寫的《農村新型冠狀病毒肺炎防控指南》，中國出版集團世界圖書出版公司推出的《抗新冠肺炎心理自助手冊》……

「這個春節為什麼不能出門？」、「媽媽去打病毒怪獸了嗎？」……圖文並茂的繪本，從兒童視角出發，讓孩子明白一項新事物，繪本界以最快的速度推出了《新型冠狀病毒大魔王》、《走開！冠小毒》、《等爸爸回家》等免費繪本。2 月末，國際兒童讀物聯盟主席張明舟在網絡上發布了一條倡議：懇請中國創作者、出版人捐獻已出版的新冠肺炎疫情有關童書的版權，懇請譯者免費將這些抗疫童書譯成各外文語種。此舉獲得各方積極回應，截至 3 月 3 日晚，張明舟已收到 40 餘家出版社發來的圖書訊息，報名譯者超過百人，涉及的語種包括英、日、法、德、俄、西等，此舉彰顯在抗擊疫情面前的人類命運共同體意識。

疫情本身就是一部教科書。養生貴在養心，讀書須先靜心。讀書正是一種建立內在秩序的方式，是調整心態，克制焦慮的重要途徑。腦有書香能致遠，腹有詩文氣自華。從中國音像與數位（數字、數碼）出版協會數位閱讀工作委員會獲悉，60 家數碼閱讀平台及單位回應中國音數協發出的《數字閱讀行業戰「疫」倡議書》，整個 2 月份共設置 80 餘個免費閱讀專區，用戶總流覽量超過 52.8 億人次，總閱讀量超過 72.2 億人次，總閱讀時長超過 3.3 億小時，總下載量超過 2.4 億次，新增註冊用戶突破 1 億。

在這個特殊時期，疫情中要有個閱讀夢，人生在世，生計之外，還是得講究個味。不管疫情結束還需要多久，日子總是要繼續。沒有一個冬天不可逾越，沒有一個春天不會來臨。讀一本好書，喝一杯好茶，身在原地，心在路上。透過書籍傳遞善意，給冰冷的疫場送去幾縷陽光。

閒來無事，
湖北人寫了 13000 部網文

你或許不會想到，一場疫情下，閒來無事寫點書，網絡文學作者多了。正是：全民閱讀，全民書寫。

前一陣，在網絡上讀到一篇網絡文學，印象頗深。「餓了麼」快遞小哥在自家外賣平台上的書寫。武漢封城期間，每天他都會接到各種快遞單子，有一天最後一單是一位不能回家的客戶，請他在樓道一個角落隱秘處找到家的鑰匙，開門餵貓。儘管他已精疲力盡，但打開這個家門的剎那，快遞小哥內心「最後一點堅強的防線崩塌了」，兩個「同樣祈望求生的小傢伙，依舊頑強地等待着食物」，看着牠們重獲生機，「這座城市的明天也露出曙光」。

類似這樣的網絡文學短故事，每天都能透過網絡讀到。跨進 2020 年，一場不期而遇的疫情「宅生活」，打亂了國人的正常社會節奏，顛覆了傳統生活、工作秩序和文化傳播規律，網絡文學創作卻迎來新機遇。

日前，閱文集團發布一季度中國內地網絡文學創作及消費情況，閱文集團是中國引領行業的正版數字（數碼，數位）閱讀平台和文學 IP 培育平台，閱文在香港聯交所主板上市。資料顯示，平台一季度新增作家數量33萬，環比增長129%。其中，廣東、江蘇、山東、河南、四川人最愛網文創作，湖北省首次躋身排行榜前6名。「封城」期間，湖北人寫了至少13,000部網文作品，新增網文創作者近萬人。內地一季度新增網絡文學作品數量超52萬部，同比增長約1.5倍，其中短篇小說數量同比增長近5倍。

疫情期間，閱文集團白金作家「一路煩花」的《夫人你馬甲又掉了》成了最多讀者喜愛的作品，「愛潛水的烏賊」的西方奇幻作品《詭秘之主》緊隨其後，熱門男頻大神作家「言歸正傳」的《我師兄實在太穩健了》排名第三。圍繞抗疫主題的網絡文學創作更成為作家抗疫擔當聚焦點，溫馨、幽默、寫實的網文成為閱讀潮流。2月，閱文集團啟動「我們的力量」徵文大賽，徵集平凡身影背後的戰「疫」文學故事。目前，參賽作者達27,800人，參賽作品32,500部。

據閱文集團披露，年輕用戶創作積極性最高，30歲以下作者佔比超過七成。每日有超過10萬名作家作者活躍在閱文旗下的作家社區平台——作家助手App。其中，參與互動的作家數量單日最高可突破1萬人，諸多內容創作者「相聚」一起，談創作、聊靈感。正是網絡特性，拓展了文字交流空間。閱文集團一季度平台用戶數量及平均使用時長均有增長。其中，湖北地區使用者數量同比增長 28%，用戶閱讀時長環比提升 43%。一季度閱文旗下平台作品新增評論數超過 5,000 萬篇，環比增長 62%，文字彈幕「段評」成為年輕用戶最喜愛的社交工具，新增數量超過 3,500 萬篇。

大難不斷，人類的書寫也不會停止。今天這段特殊時期的心靈書寫，除了專職作家，每個人都有執筆的慾望。這些平凡個體書寫的故事，主流是探索個體在災難面前如何應對心靈危機，表現人性在絕境中激發的堅韌。

今天隨着互聯網普及率和手機網民規模擴人，網絡文學全面「下沉」已成趨勢，隨着自媒體橫空出世，穩步進入全民寫作時代，有手機就能寫作，寫作變得幾乎沒有門檻。你可以盡情寫自己想寫的文字，轉變成一篇文章，發到平台。每個人都在努力提升自己，只有寫得好，作品才會被幾百萬人閱讀。在全民寫作時代，用寫手的一句話說，「再不寫你就老了」。

春天還是來了，書店開始「暖」了

春天還是來了，都市又聞書香。內地復工復產復市，那些熟悉的實體書店，「戴着口罩」陸續復店，讓這個遲到的春天多一份書香。口罩和消毒水雖未遠去，各地實體書店已在春風中相繼打開店門。

讀者是書店最好的朋友。憋在家兩個月，時間富裕了，周遭清淨了，求索世界的本能又開始湧動。很多市民又重新找回手不釋卷的感覺。對讀者而言，去實體書店買書翻書是一種習慣，也是心理的內在需求，不少讀者就是喜愛書店裏人與人，人與書之間的不期而遇，喜愛摩挲一本書的實在之感。實體書店是一種精神港灣，置身書店時的寧靜感和充實感是電子書難以給予的。

兩個月前，全國中小書店聯盟「書萌」對 1,021 家書店的調查顯示，受新冠疫情影響，九成一的書店停業，九成九的書店沒有正常收入，而今實體書店有序有力有效地恢復經營。

在上海，淡水路向南街角舊式大院，二樓的插畫主題書店「鯨字號」店門已打開，書店活力正慢慢恢復；西西弗在上海的 17 家門店已全部恢復營業；言幾又全國 62 家書店已恢復營業近 60 家；新華傳媒旗下 16 家門店推出「主題圖書專櫃 8 折銷售」活動；上海新華書店、上海書城、朵雲書院、鍾書閣等 50 餘家實體書店，聯手推出「上海書展・閱讀的力量」春季圖書大聯展特別活動……

逛書店，也不忘防疫。店內空調暫不開啟，靠開門窗通風。進入書店，顧客戴口罩、測體溫，手機掃健康碼，核對身份證，填寫個人資訊，鼓勵移動支付，收銀台設置 1 米線，確保人與人之間 1 米距離，上海書城限流在 500 人。網紅「思南書局・詩歌店」採取分段預約制，每天近百人透過公眾號預約前來。書店餐飲不開放堂食，只供打包外賣。

近年，香港包括大眾書局在內的實體書店一家接一家歇業，但在內地卻聞一家又一家新開張，僅僅上海在 2019 年就新開 30 家，高顏值、高體驗感、融合式複合經營，往往成為申城網紅店。位於「中國第一高樓」上海中心大廈 52 層，海拔高度 239 米的朵雲書院旗艦店開業，成為上海文化地標。一批「小而精」書店帶來種種話題，青浦萬達茂瑪德琳童書館，經營面積僅 300 平方米，卻充盈各種童趣元素……

實體書店還能撐下去嗎？疫情當前，實體書店就像一座遠離航線的孤島，圖書銷量斷崖式下滑，高昂的房租及人力成本，營商環境遭遇衝擊。不過，一家家實體書店正搏擊眼下困境。江西南昌有 28 年經營歷史的青苑書店，向讀者發出求助聲，推出充值卡；著名書店單向空間發起「保衛實體書店」眾籌計劃……各地政府透過補貼房租、政府購買服務等方式，在政策層面支持實體書店發展壯大。北京市擬拿出1億元扶持資金，上海、天津、湖南、浙江紛紛出台措施，聯合銀行機構提供貸款支援，協調場地減免租金，以解燃眉之急。

書店展開自救，不能僅靠情懷「裸泳」。近年實體書店面對互聯網電商衝擊，已透過不斷調整迎來回暖趨勢。實體書店開啟「圖書＋」的多元發展模式，以書為媒，集合文創產品、咖啡簡餐、鮮花服飾等多種業態，定期舉辦公益講座、藝術展覽等文化活動，使書店成為家與工作場所之外的「第三空間」。

人們在閱讀中跋涉千山萬水，逛書店何嘗不是有趣的旅程。書、人、店、城的溫情連接，呈現實體書店在互聯網時代的破局路徑與多種可能的選擇。

「閉」字的「門」內
為何用一個「才」字？

這場抗疫，你一定聽說過鍾南山，你也不會沒聽說過「網紅」張文宏吧。在抗疫一線意外「走紅」的他，專業紮實、妙語連珠，「話癆」而不說官話，「硬核」而又可愛。這一天他的「防火防盜防同事」成了刷屏「金句」。上海熬過了 14 天的節點，確診人數斷崖式下跌，人們可以慢慢地在可控的範圍內出來走走，戴着口罩工作。不過，他說，「還得保持警惕心態，不要與同事到處瞎玩，不要摘下口罩與同事聊天，避免與同事面對面一起吃飯……正常生活正在慢慢回歸，但還沒有到為所欲為的地步」，記住，「錯過早期預警窗口，已經讓中國付出數以千倍的代價和資源」。

張文宏，復旦大學華山醫院感染科主任、上海市醫療救治專家組組長。他說這段話，是在 2 月 22 日晚上的一場特別網聚活動。那是「上海書展・閱讀的力量」2020 主題為「我愛讀書，我愛生活」，疫情期間，書展與讀者「雲上相約」，邀請滬上文藝名家，在網上上分享文化和人生感悟。第一講由張文宏主講健康與閱讀心得，講題《疫情之下，如何讓生活回歸正常》，透過澎湃直播、B 站、喜馬拉雅、東方網等平台同步推出。

張文宏說，一線工作的醫護不分晝夜，十分疲勞。他們壓力如何調節？醫護回家深更半夜，回家第一動作往往是「葛優躺」。「運動當然好，我也愛運動，但是太勞累了，我買了健身卡，一年才去兩三次。我運動就是周末散步跑步，還是以安靜休息為主」。極度疲勞了，他就看無聊的連續劇，周末精神好了會讀書，每次出差，包裏都會有一本書，「在焦慮的狀態下，看書是非常好的調劑之一」。

這段抗疫時間，他把流行病領域的書都看完了，《大流感》、《霍亂時期的愛情》、《鼠疫》……「天下太平」時，他會看《時間簡史》、《耶路撒冷三千年》。張文宏笑道，「如果人手一本《張文宏教授支招防控新型冠狀病毒》，瞭解病毒就不恐懼了，就遠離新冠了」。

突如其來的新冠肺炎疫情，打亂了人們正常生活。以月計算的「宅家」日子，難免有些難耐。難怪那把「獨立的掃帚」能一掃生活陰霾，為千萬戶家庭帶來片刻輕鬆。美國時間 2 月 10 日，即中國時間 11 日，一場豎掃帚的遊戲突然刷爆朋友圈。這場風靡社交平台的話題只是源於網民謠傳，美國航天部門宣布，地球自轉在這一天達「完美平衡」狀態，地球引力最小，所以掃帚可平衡站立。煞有其事的解說之下，朋友圈各種立掃帚、立菜刀、立尖椒玩得不亦樂乎。其實在任何一天都可以玩這個「二力平衡」遊戲。在「宅就是為疫情做貢獻」的日子裏，找理由度日的「真假」不重要，這把「獨立掃帚」能一掃生活中的陰霾，何嘗不是美麗的錯誤？

心理學家說，面對不斷蔓延的疫情時，不僅受害者、病患家屬會產生巨大心理創傷，過度消費疫情新聞，長時間密集閱讀新聞和評論，也會產生類似「創傷後應激障礙」的心理問題，造成精神困擾。每天閱讀新聞應適量，當思緒感到混亂焦慮、不能集中時，就應放下手機，讀者要具備自主思辨能力解讀各種媒體資訊。閱讀，還是多花點時間讀點書籍吧。

過去一直不明白，「閉」字的門內，為何用一個「才」字，今天明白了，宅在家門裏，書讀多了，就有才了。看書，可以先撿起手邊那本之前沒看完的書。

疫情照片：「同沐夕陽下」和「清流讀書哥」

夕陽西下，陽光撒向武漢大地，湖北武漢大學人民醫院東院。援鄂醫療隊的上海復旦大學附屬中山醫院醫生劉凱，護送臥牀年老患者照 CT 回病房途中，無意中詢問老先生，要不要看一眼落日夕陽？老先生點點頭：「有一個月沒看到太陽了」。於是劉凱停下腳步站在四輪推牀旁，陪老先生一起感受早春 3 月的夕陽，欣賞了一次久違的落日。老人手指夕陽，醫生駐足眺望。他們身後的志願者搶拍了這一刻，於是，有了這令人動容的一幕。老先生 87 歲，新型冠狀疫病重患者；劉凱 27 歲，從醫才不久。他倆年齡相距一甲子。夕陽下，讀者看不到他倆的面部表情，兩個醫患背影共同訴說着：夕陽背後的明天。

據說，這位長者曾是樂團小提琴手，剛入醫院時病情危重、心情低落，幾乎對所有人都不理不睬，還拒接家人電話，是醫療隊為他提供了所有生活必需品，而今狀況日漸好轉，心情好的時候他還躺在病牀上吟歌。劉凱來到武漢後白天黑夜都在病區，也很少見到太陽，他也為金色夕陽動容。

一張「落日餘暉下」的照片發上網，旋即刷屏。同沐夕陽，守望相助。餘暉下的身影，溫暖了所有人。有網民說，這是2020年早春最治癒的畫面，一抹夕陽讓疲憊不堪的靈魂瞬間被「治癒」。這幅相攜沐夕陽的照片背後，是無數人的情感共鳴。若干年後，人們終會記得，曾有一次特殊日子的落日讓人潸然淚下。

一張照片，一個故事。因為真實，因為動人。抓拍動人瞬間，照片是最好的真相。記得有一年在北京採訪全國兩會期間，跟着北京一位女攝影師去上訪村，拍攝採訪外地闖京的上訪戶，至今我還記住她說的那段話：照片的震撼力和持久力，擁有直擊人心的力量。攝影不只是拍照，是關乎生命的哲學。照片，存下了當時，也存下了未來。照片存在着，經久不衰着，凝聚在一方紙片裏的記憶，是結晶，也是攝影者想要的永恆。

那是另一張難忘的照片，也是肺炎疫情下在網絡瘋傳的照片。

武漢方艙醫院投入使用當天，疫情肆虐，兵荒馬亂。一位感染新冠肺炎的年輕人，身為第一批患者，在上千人的開放病房裏躺在病牀上靜靜讀書。這正是以「讀」攻「毒」的最佳寫照。網友對他肅然起敬，喚他「清流讀書哥」。年輕人39歲，從武漢大學博士畢業後去美國深造，正在大學教書。這次回武漢探父母，疫情中一家人中招。低調的他說，讀書純粹是出於興趣愛好。網友旋即扒出他手裏捧的書是《政治秩序的起源：從前人類時代到法國大革命》。一本小眾書也由此走紅，一時成為暢銷書。此書作者日裔美籍政治思想家法蘭西斯·福山也轉發了這條新聞，「清流讀書哥」就這樣飄洋過海，瀟瀟灑灑「走向世界」了。經 20 多天治療，「讀書哥」終於康復出艙，由社區對接安排到隔離點，繼續觀察 14 天。出院後他實踐承諾，在隔離期間照顧一同出院的一位 15 歲小病友。這位小病友一家 4 口中招染上新冠肺炎，外婆去世，媽媽和外公仍在方艙醫院治療，他出院後無人照料，於是與「讀書哥」相伴。

在災禍疾病面前，讀書這一行為給人的內心注入力量。讀的是一本書，展示的卻是一種生活狀態。能靜下心來閱讀，也是一種幸運。防控疫情，活動空間束縛，人們難免會產生焦慮和不安，何以解壓？「讀書哥」給出的直觀答案就是：閱讀。

世界閱讀日：看熱水梨和小圓臉讀書視頻

聯合國教科文組織的「世界閱讀日」越來越近了。「宅家」度過疫情的日子裏，追看兩個關於閱讀的「網紅」視頻。這兩個人是誰，在哪兒工作，她們的鐵粉都說不清楚，問採訪過她們的記者也搖頭。她們只說，別打聽她們的隱私，看她們的視頻，大家聊讀書就好。

這兩個「UP 主」是：熱水梨和小圓臉。截至 3 月末，前者的閱讀視頻 59 個，粉絲 5.8 萬，播放數 121.4 萬。後者的閱讀視頻有 54 個，粉絲 31 萬，播放數 193 萬，每一集點擊最少 4 萬，最多 11 萬次。先普及一下，UP 主是指在視頻網站上傳視頻的人，是由日本傳入的網絡詞彙，UP 即 upload 的縮寫。內地網站 A 站（acfun）和 B 站（bilibili 嗶哩嗶哩）上的視頻主，通常被稱為 UP 主。

作為一名古代文學在讀研究生，熱水梨的閱讀重求真。她在最新的讀書視頻中推薦 4 本書：《活山》、《戰時燈火》、《莫斯科紳士》、《至暗時刻》。《活山》是英國娜恩・謝潑德寫於二戰末期的散文集。《英國病人》作者邁克爾・翁達傑的重磅新作《戰時燈火》，是關於暴力與愛、陰謀與慾望的小說。《莫斯科紳士》是一部美國埃默・托爾斯創作的小說。《至暗時刻》是新西蘭安東尼・麥卡騰撰寫的歷史傳記作品。

80後的小圓臉，也時不時會發布書單推薦和讀書報告，前不久有一視頻談的就是年度懸疑推理 8 本書。小圓臉平時工作繁忙，疫情宅家，用她的話說，有了「揮霍時間的快感」，而「盡情閱讀」。她在 2 月的一個視頻中說，這段時間她閱讀了 29 本書。「閱讀是一種區別於工作狀態之外的『小確幸』」，是「可以暫時忘卻身邊煩惱的『兔子洞』」，「記得有本書叫《用電影延長三倍生命》，我相信書也有同樣的作用」。

談讀書的視頻能持久嗎？她們都堅持了兩三年了，影響在擴散，粉絲也「與日俱增」。她們的視頻平均時長 20 分鐘。年青人都喜歡聽她們談讀書，她們從不擔心讀書視頻會失去領地，如何更有意義地傳遞一本書的價值，是她們最為關注的。熱水梨最初也嘗試追過一兩次熱點，但她發現，以她的節奏根本難以跟上熱點，自己以為是在刷熱點，卻往往是在不知不覺中被熱點刷掉了時間，刷掉了獨立思考能力，急功近利的推廣形式，是有悖於閱讀本質的。

熱水梨常常被問到「閱讀有什麼用？」她認為，閱讀的本質，是自我思考的過程。人們總是沒有超脫「學以致用」的觀念，認為一切事物以「有用」為貴，「但人類對於『真』的追求而非工具論，才是歷史不斷前行的根本動力。我不太相信用閱讀『避難』的說法，經歷這場疫情，更堅信閱讀以史為鑒的作用」。

碎片化閱讀已然成為互聯網時代的一種命運，社會上充斥着碎片化閱讀的反對聲。小圓臉則認為，互聯網的發展把人們培養成更注重即時性、更享受速食文化的食客。「我其實是碎片化閱讀的受益者，很大一部分閱讀量來自於上班路上和出差途中」。為了應對閱讀時注意力不集中，她會在書的選擇上下功夫，會選取情節緊湊的小說，短小而輕鬆的隨筆雜文集。

人在什麼時候最渴望閱讀？面臨時代的危機、人生的危機、乃至心靈的危機，最容易激發閱讀熱情。只要生活還在繼續，閱讀的需求就不會消失。經歷過疫情的人，對生活、對人生或許會有更多思考，也會更為迫切地渴望透過閱讀認識自我、理解世界。

疫情「宅家」，
你不會沒看過短視頻

疫情之下，足不出戶，全民合唱「空城計」，行動受限「宅家中」，寂寞、無聊、劇荒、求知，成就網上流量黑洞局面，尤其是當紅一哥「短視頻」流量及活躍被深度激發，聚成爆發式增長。那條「蠟筆與小勳」的一份細解防病毒口罩的短視頻，播放量竟高達220萬次。過去的兩個月，你肯定在手機上點擊過短視頻讀疫情。從中央到地方都在徵集短視頻，可見熱度火爆。山東廣播電視台聯合省政府外事辦，發起「全球心連心，攜手戰疫情」短視頻徵集活動；江西省南昌市安義縣發出「戰『疫』有我」優秀短視頻徵集令；香港點新聞舉辦主題為「疫情下的溫情」中小學生短視頻比賽……

資料顯示，在過去兩個月移動增長榜TOP 10中，50%被短視頻App搶佔。「快手」、「抖音」成為短視頻江湖的兩大頂流，穩佔短視頻第一梯隊，2020年1月，抖音平台公布最新日活用戶突破4億。騰訊、百度的短視頻產品也逐漸形成多強格局，火山、西瓜、多閃、B站、微視、Yoo視頻，幾乎所有應用都開始上線短視頻功能，試圖在短視頻千億元人民幣市場搶佔先機。

據一份 2020 年春節移動互聯網戰疫專題報告資料顯示，疫情疊加春節，導致移動互聯網行業的時長格局發生變化，相比 2019 年春節，短視頻的時長佔比超過手機遊戲。快手、抖音因合作央視和地方衛視春節晚會，用戶增量都超過 4,000 萬。1 月下旬，快手 App 上線「肺炎防治」頻道，匯總入駐快手的權威媒體和國家機關的資訊。其中「抗疫大直播」欄目彙聚全國主流媒體在一線的抗疫直播報導，最高時有 19 場不同的直播同時推進。至今發布疫情相關視頻超 8 萬條，播放總量超 700 億次。

短視頻即短片視頻，是一種互聯網內容傳播方式，一般是在互聯網新媒體上傳播時長 8 分鐘內的視頻，以 5 分鐘內居多；短平快的大流量傳播內容獲各大平台、粉絲和資本的青睞。最初，短視頻只是一個讓普通使用者唱跳、講段子、展示才藝的場所，當下疫情環境下，抗疫的媒體報導與內容成為使用者剛需，短視頻強化了視頻新聞傳播的時效性，這就讓短視頻內容從過去側重娛樂化段子為主，向媒體專業化與嚴肅內容傾斜。相較於文字、圖片，短視頻是一種相對稚嫩的媒體形式，但短視頻平台已是媒體報導疫情必爭之地。據快手與前線媒體統計，新冠疫情下，入駐快手的媒體超過三成向武漢前線派出記者。

李子柒年收入據稱達 1.6 億元，李佳琦年收入近 2 億元。2020 年一開年，兩位中國頂流「網紅」就以神話般的數據刷新人們對「網紅經濟」的認知。騰訊發布的最新視頻年度指數報告顯示，李子柒在綜合影響力指數上問鼎短視頻達人榜，她發布一條視頻，一夜播放量至少達 1,700 萬次，播放量最高的視頻達 3 億次。

近期，短視頻平台出現兩大新現象，慢直播開始興起；越來越多的明星加入短視頻帶貨大軍。千萬個自媒體人產生的信息，肯定良莠不齊，有正能量，就有負能量的。也有文化垃圾、謠言、偽科學的假偏方。對此，人們還是要謹慎觀覽、謹慎轉發。

4G 開啟短視頻時代，5G 讓整個行業站在全新起點之上。透過互聯網連接，特別是年輕人相聚網絡，以文化創新的短視頻、網絡文學等文化創作，形成獨特的新形態，對社會發展頗為重要，這種創作跨越語言和文化障礙，會在世界產生影響。

戰疫紀錄片：
把鏡頭交給在場的武漢人

一部紀錄片的開頭，一位女士在陽台上查看自己種的菜薹，「都沒長好」。影片結尾時，她開始摘下整整一把成熟的菜薹；年前的那場陰雨，在影片最後變成一片晴天，有人在陽光下哼唱「陽光總在風雨後」。這部紀錄片是《手機裏的武漢新年》，影片一經發布即獲得驚人傳播。在被眼淚淹沒的評論區中，「真實」、「感人」成為高頻詞，有人評價它的影響力遠甚於專業媒體的紀錄。紀錄片發布的那一天是 4 月 2 日。

可以說，對絕大多數觀眾而言，觀看這部公益紀錄片，是一種少見而獨特的影像體驗。該片由北京清華大學清影工作室創制，素材全部選自快手平台，集合了 77 位拍攝者的 112 條視頻，經後期剪輯，最終形成時長 18 分鐘的片子。影片主創用「一個 UGC 影像計劃」來定位它。UGC 模式指網民用戶原創內容，參與視頻創作，專業團隊從以往的拍攝者變為「編輯者」，此舉打破許多人心中對於「紀錄片」的舊有認知，網民不再只是觀眾，而是成為互聯網內容的生產者，這是一種體驗式互聯網服務。紀錄片裏呈現的鏡頭無疑時有晃動，不夠完美，但這卻是最真實的武漢戰「疫」。

18 分鐘的 UGC 紀錄片：把鏡頭交給在現場的武漢人。親歷者的個體視角，拉近距離後的感同身受。當個體與群體的視角結合在一起，歷時性和共時性的細節便能融合交織。

由全民記錄時代的瞬息，觸動了紀錄片導演秦曉宇，他和團隊思考如何以紀錄片方式去彙聚這些個體記憶。他們想起 10 年前英國導演凱文・麥克唐納和雷德利・斯科特曾作過一次嘗試，透過 YouTube 號召全球網民用鏡頭捕捉 7 月 24 日這一天的生活點滴，最終收到來自 192 個國家和地區網友拍攝的總數量近 8 萬段、總時長達 4,500 小時的短片，他們從中選取短片剪輯加工，製作紀錄片《浮生一日》。由此啟發，秦曉宇團隊於 2 月初發布《餘生一日》的拍攝計劃，邀請全民拍攝 2 月 9 日這一天的疫情生活，最終吸引 5,000 人參與拍攝，收到至少 3,000 份素材。在疫情這個主題下，大部分記錄者坦誠自己最隱匿的情緒、最私密的家庭空間，共同呈現「餘生一日」的意義：生命中普通的一天，劫難中的一天，也是重生的一天。

正如秦曉宇坦言，每個人的記憶都是重要的，「紀錄片主要是對當下正在發生的作一個真實記錄，相比之後去記錄回溯會更有震撼力」。災難來臨，並非如同驚雷般炸響在一片遙遠的土地，而是在日常生活中的無數瞬間逐漸浸淫的。真實、日常、第一視角的個人記錄，直接拉近了觀眾和疫區人距離，令人生發出「我也在現場」的感同身受。

每次大規模的傳染疾病都會誕生一批優秀紀錄片。1 月 23 日武漢封城，導演張悅的第一反應是「應該去現場」。他在微信建新的工作群，多番周折，他和團隊 10 天後抵達武漢拍攝《在武漢》，邊拍邊播，每周一集，2 月 26 日《在武漢》在嗶哩嗶哩（B 站）上線，連續推出 7 集，截至 4 月 8 日，總播放量達 958 萬，獲得網友投出的 B 站最高評分 9.9 分。由廣東衛視頻道策劃的 5 集系列紀錄片《2020，不可忘卻的春季》，東方衛視播出的全景式紀錄片《生命・方艙》，還有微紀錄片《新・生》……

每個人的一生就像一部紀錄片，你身在其中有些可控有些不可控。災難面前更折射出人性光輝，此時比任何時刻更需要記錄。

抗疫手繪 T 恤和武漢醫院塗鴉牆

多日來，每天早上 8 點半，《明報》網站就推出插畫家吳浚匡的「向醫護致敬」系列作品。插畫是一種藝術。不過也有人說，插畫只是設計。試問，難道設計不需要藝術嗎？插畫具有獨立而完整的藝術價值，台北就有插畫藝術節，已經舉辦兩屆。從「向醫護致敬」的插畫，我想到武漢那件「插畫」：手繪 T 恤。

祝羽辰是患有自閉症的武漢 19 歲高中生，他用描繪插畫作品與這個世界對話，是個「住在星星裏的孩子」，繪畫極具天賦，作品曾進入米蘭世博會，被李可染畫院收藏。武漢爆發新冠疫情，他老師邀請他參加一個「同袍計劃」的志願者活動，手繪 T 恤，感謝援鄂醫護人員。祝羽辰創作了兩件 T 恤繪畫，一件主圖上是醫護人員、警察、志願者等組成，一輪紅日下配以詩句。他媽媽想到，兒子肯定很想知道是誰穿上了他繪畫的 T 恤，於是在 T 恤裏放了張小貼紙，留下自己微信號。T 恤由志願團體對外以「漂流瓶」方式，隨機贈予援鄂醫護手中。

3 月下旬的一天，28 歲的胡雪妍接到 T 恤，她是哈爾濱醫科大學第四醫院護士，1 月來到武漢抗疫。她依據紙條上的聯絡方式，與羽辰媽媽聯絡上。微信來來往往，他媽媽告訴有個孩子的胡雪妍，自閉症的孩子特別需要愛，感謝她能接納羽辰做朋友。胡雪妍和羽辰一家，在武漢有緣相識，彼此牽掛。3 月底，胡雪妍返回哈爾濱，帶回去的是那件手繪 T 恤和沉甸甸的友情。那天，她在微信朋友圈寫道：「原來人生最大的收穫竟是感動。羽辰，我答應你的事會做到的，你開畫展我一定來，我也會常來武漢看你，見證你的成長。」

一幅插畫牽引出一段故事。四川大學博物館要收藏這件 T 恤，被胡雪妍婉拒了，說自己要留作一生紀念。不過，在武漢，有一堵醫護「塗鴉牆」將被博物館收藏，那是武漢市江夏區的雷神山醫院裏的一堵「牆」。

4 月 15 日，送走了最後患者，雷神山醫院迎來「關門時刻」，運行 67 天，收治 2011 患者。醫院人去屋空，但兩段 200 米長的醫護人員通道，牆上留下各種塗鴉。那是各地醫護人員前來支援時留下的手跡。畫面中出現最多的是一位又一位穿戴着防護服、護目鏡和口罩的醫護人員。

塗鴉的始作俑者是 26 歲劉玉。她是大連醫科大學附屬第二醫院護士。雷神山醫院開始收治病人當日，她作為遼寧省援鄂醫療隊員來到武漢，進駐雷神山。第一天連續 21 小時的工作令她頗感疲憊，心理壓力超強度，讓她內心有些崩潰。想到以前在學校辦黑板壁報時，同學們會寫下很多鼓勵的話，劉玉拿起了那支在防護服外寫名字的馬克筆，在醫護通道空空蕩蕩的白牆上，塗鴉作畫。那是一幅擬人化的「熱乾麵」和「海蠣子」，戴着口罩的「熱乾麵」坐在病牀上，「全副武裝」的「海蠣子」站在牀邊，手裏拿着一張寫有「加油」的紙……從劉玉開始，在醫護通道和病區走廊塗鴉的人越來越多。各地醫療隊員紛紛加入手繪塗鴉，記錄抗疫時光。病患者走出病房散步，看到牆上的字和畫，駐足會心一笑，指指點點，不少病人還加入「抗疫塗鴉」。

醫護人員和病友留下抗疫塗鴉，成了一段歷史的見證。這不也是藝術的力量嗎？上海圖書館正徵集各界名家包括繪畫在內的抗疫手稿，已收藏張文宏等名醫手書語錄，用這一平台梳理大難背後的精神世界，留下屬於這個時代的寶貴遺產。

抗疫文藝不能缺少人文情懷

疫情令國人猝不及防。疫情就是命令，記錄就是天職。新冠肺炎疫情突如其來，紀錄片人在戰疫第一線，短時間內拍攝了多部佳作。

《武漢日記 2020》以「立此存照」的方式，為公眾提供了江城的一道窗。第一集不到 3 分鐘的視頻中，封城第一天，「武漢沒有了公共交通，整個城市變得安靜不少，街上行人寥寥無幾，95% 的人戴上了口罩」，超市裏「速食麵和蔬菜的採購量大」，藥店「還能買到口罩」……江城人真實生活狀態「窺見一斑」。視頻發布微博上，兩天迅疾吸引成數百萬網友點擊。

攝影者是武漢網友「蜘蛛猴麵包」，他 38 歲，在武漢出生長大，「蜘蛛」的名字，來源於大學時期玩的樂隊名字。大學畢業後，他做過網頁平面設計，辦過個人網站，開過咖啡店，始終喜歡攝影拍視頻，這兩年開始步入視頻記錄行業，當下用 GoPro 運動攝像機去記錄疫情中的城市眾生相。截至 2 月 22 日，《武漢日記 2020》已推出 11 集，單集觀看量都達一兩百萬。

時下，人們追看的紀錄片還有《武漢：我的戰「疫」日記》、《「雲監工」下誕生的火神山醫院》、《人民軍隊戰「疫」紀實》、《戰「疫」24 小時》、《城市的溫度》、《安靜，也是一種守護》……這些被記錄下來的，無論是生的溫暖還是死的恐懼，都成為一種印記，而這種印記或將改變你我，改變中國。

中國是詩歌國度，歷史上每當戰爭或災難來臨，詩人就從未缺席。這場新冠肺炎疫情突發，激發了詩歌愛好者創作衝動。詩歌以特有的敏銳性和靈活的文體特點，用抒情方式及時反應。成千上萬的新詩作在各地湧現，不過，當下疫情寫詩正成為爭議熱話題。

不少疫情詩歌在語言表達方式、情感體驗和思想內涵上，呈現扁平化現象，視角單一，缺乏深度，俗言媚語，空洞無力，浮於表面的廉價歌頌無異於諂媚，是一種「偽歌頌」。這是對藝術的褻瀆，也失卻詩人良心，沒有展示多少文學悲憫。要拒絕膚淺、拒絕口號，拒絕缺乏誠意的文藝腔。想想 2008 年湧現了數十萬首抗震詩歌，如今能被記起來的又有多少呢？

今天能評說那場抗震文學的，當數 2019 年出版的《雲中記》。那是作家阿來在汶川地震發生後經過 10 年醞釀完成的長篇小說，出版後好評如潮。有評論認為，阿來不是在地震發生的當下憑一腔熱血投入寫作，「他對災難性的事件，對它給我們造成的心靈創傷以及創傷後如何修復，有着長達 10 年的沉澱思考」。

再看看畢淑敏的長篇小說《花冠病毒》。2003 年，她深入北京抗擊非典一線採訪。8 年後，讀了大量的書，做了很久的功課，才交出這部小說。當年首印 40 萬冊的《花冠病毒》，描述城市封鎖、民眾出逃、口罩緊缺、搶購成風，甚至火葬場人滿為患……8 年後，書中的很多情形、很多細節，在今天現實中復刻一般上演，網友們嘖嘖稱其「神預言」。

疫病的時代，總能顯現最深刻的人性，也成為卡繆、馬奎斯和薩拉馬戈三位諾貝爾文學獎作家作品的主題。卡繆 1947 年出版的《鼠疫》，馬奎斯 1985 年寫的《愛在瘟疫蔓延時》，薩拉馬戈在 1995 年出版的《盲目》，三部小說的共同點：有情感的溫度、內涵的深度和文字的精度。我們的抗疫文學缺少的正是人文情懷。對苦難的思考，文藝從不缺席。2020 年初的這一切，終將會如煙般散去。每一條傷痕都是人文力量，每一個春天總會如期到來。

直播帶貨：
今天，你在直播間下單了嗎？

疫情下，上海交響樂團（上交）在「線」場系列音樂會第六場演出。大小提琴手黃北星、蘇婷、胡喆傾情奏響海頓《倫敦》三重奏，網絡直播這場室內樂演出。演出結束，鏡頭一轉，瞬間「切換」，舞台側面，剛才還迴蕩海頓樂聲的上交演藝廳，瞬間變成「賣貨」現場直播間，推廣樂團新一季文化衍生產品。「賣貨」主播是電視台編導畢禕和上交趙路易。他倆戴着假髮套、身穿印有樂團標誌 T 恤，化身「貝多芬」和「莫札特」，以穿越時空的對話戲說對侃，將音樂小知識、樂壇小故事，與「帶貨」巧妙融合。

直播貨中有披着指揮棒外衣的 U 盤、鋼琴家阿格里奇喜愛的「音樂之風」竹扇，還有 T 恤衫、馬克杯、帆布包、定製海報、早餐杯、口罩夾、便當盒等 12 款文創產品，意在打響上海文化品牌。這些文創產品都可透過上交「一碗餛飩」小程式，進入「買買買」模式，上架不到 1 小時就賣出近 200 件。用上交樂團團長周平的話說，「我們帶的貨是有靈魂的好東西，這些文創產品並不純粹是商品，每一件背後都有着上交的故事」。

這一天 5 月 22 日，是上交 141 年歷史上首次透過網絡「賣貨」直播。

當下中國掀起直播賣貨洶湧大潮，上海、北京、廣州的一些文藝院團、文化機構，紛紛以直播形式推介自創的文創產品。「直播帶貨」其實就是互動版的電視購物，除了互動性更強，還顯得更真實，提供的優惠力度更大。一支話筒、一台電腦、一個攝像頭，主播不僅能透過直播吸引粉絲打賞，也可以輕鬆帶貨。

說起直播，當數 2016 年，隨着智能手機、4G 網絡普及，直播行業誕生了如映客、YY 等超過十家的直播平台，收割超過 3.5 億用戶。那一年，被稱為直播元年。當年直播主要依靠打賞、廣告來變現。隨着流量和收入不斷降低，輿論一度認為直播就這樣落寞，最初熱潮過後，2017 年行業就迎來降溫，說「直播已死」，許多玩家和資本紛紛退場。

直播帶貨「涅槃」始於 2019 年，以「帶貨」形式煥發新生命。兩年前，化妝品專櫃的櫃枱員工李佳琦在公司鼓勵下開始直播賣口紅，推動直播帶貨行業形成。2020 年 4 月 1 日中國第一代網紅羅永浩在抖音直播首秀，帶貨高達 1.1 億元人民幣，引爆直播帶貨全民化；「淘寶一姐」薇婭直播竟然賣火箭，售價 4,000 萬元人民幣，優惠了 500 萬元；遍布各地的 100 多位縣長、市長走進直播間為當地產品「代言」；董明珠成新晉「帶貨女王」，直播銷售超 7 億元；劉濤、陳赫等明星紮堆入局，掀起帶貨新玩法；「史上最有梗歌手」沈煜倫完成一場名為「產地守護人」的帶貨直播，國貨零食和家居產品上架不足 10 分鐘便銷售一空……如果說，2019 年是直播帶貨元年，那麼 2020 年則是明星直播帶貨元年。

中國國家人社部日前發布公告稱，官方認定疫情下的「疫軍」新增 10 個新職業，包括區塊鏈工程技術人員、社區網格員、互聯網行銷師等。這「互聯網行銷師」是在數位（數字、數碼）化資訊平台上，運用網絡對企業產品作多平台行銷的人員，其中就包括「直播銷售員」。不過，近來直播帶貨負面問題頻出，產品品質、安全保障、虛假宣傳、維權無門紛紛接踵而至。在疫情防控的宅經濟「催熟」下，直播帶貨迅速在各行各業攻城掠地，這是一股席捲全民的新社會現象。

今天，你在直播間下單了嗎？

「疫情結束，希望國家給我分配一個男朋友」

這幾天走過地鐵站內，隨時能看到婚紗廣告。香港灣仔會議展覽中心舉行第 98 屆香港結婚節暨春日婚紗展。新冠疫情下，自 1 月至今會展停頓，這結婚節婚紗展是疫情後的第一個展覽。原定 2 月中旬情人節舉辦的展覽，姍姍來遲，但畢竟還是來了，這一展覽令香港人有一種特殊的「甜蜜」，雖然展覽只與特定人士有關，但人們又攪動一個老話題：單身。

在香港，遲婚和不婚的人口越來越多。早前讀過日本市場趨勢專家荒川和久的《超單身社會》一書，有不少啟示。據政府統計處的數據揭示港人的未婚和遲婚現象。2016 年 25 歲以上「剩女」佔 62.4 萬，「剩男」有 57.2 萬，合共 119.7 萬。2017 年 25 歲以上從未結婚人口則有 120.3 萬，較 2016 年增加 6,100 人。離婚數字宗數，由 1986 年 4,257 宗大幅上升至 2018 年的逾兩萬宗。

其實，遲婚和不婚現象在兩岸三地已是共性。在中國內地，據 2020 年 1 月國家民政部發布的資料顯示，2019 年中國內地婚姻登記機構辦理結婚登記 947.1 萬對，年度結婚登記對數首次跌破 1,000 萬對，自 2014 年以來持續下降；離婚登記 415.4 萬對，連續 10 多年上升。2018 年中國內地結婚率僅有 7.2%，為 2013 年以來的最低值，而在上海、浙江、廣東等沿海發達地區結婚率更低，上海達 4.4%，為內地最低。

有趣的是，剛剛閉幕的全國人大和政協「兩會」，有一份被網民稱之為「一份讓國家分配男朋友」的政協委員提案。由全國政協委員、上海市信息安全行業協會會長談劍鋒提交的，呼籲建立全國統一婚戀登記信息查詢平台。事情緣由也與武漢疫情有關。

2 月，各地醫護人員赴武漢疫情重災區支援。來自湖南省中醫藥研究院附屬醫院護士田芳芳，在武漢方艙醫院工作。她每天除了負責患者治療以外，還要帶領他們做廣播體操、唱歌助興，幫助緩解焦慮情緒。一天，她結束工作後，在紙上寫下「希望疫情結束，國家給我分配一個男朋友」的字句，開玩笑紓緩工作壓力，令在場同事和患者笑得開懷。她還笑談擇偶條件，「我 1 米 69 不能比我矮」，還自信，「男朋友會有的，疫情也會結束的」。這在網上公開後，令一眾單身網民議論紛紛。

田芳芳一句玩笑話，引起談劍鋒關注。透過一系列調研，他深感單身現象已成為社會普遍問題。在恐婚族中，房子、車子、票子（錢）是壓倒青年的大山；工作繁忙、交際面窄、缺乏可信有效的聯誼交友管道，是青年「被單身」的主因。他在調研中發現，大量婚戀網站和婚介服務機構應運而生，各相親節目持續熱播，兩知名婚戀平台「世紀佳緣」和「百合網」的註冊戶合計已逾3億，內地婚介服務機構有1.8萬家，從業員20多萬。然而，婚戀業紅火景象的背後卻也存在不少問題，婚戀資料互相未打通，年輕人透過婚戀網站交友存在被騙隱患……於是，談劍鋒提交了這份提案，籲請民政部聯合相關單位共同搭建全國統一婚戀登記資訊查詢平台，幫助青年解決婚戀交友方面的煩心事。

一次，朋友的女兒說到婚戀，坦承：「我恐懼婆媳關係，恐懼對方變心，恐懼生小孩，最好的辦法就是不結婚；世上有美滿婚姻，但我不相信自己會幸運遇到；一個人也挺好，自由輕鬆，想幹嘛幹嘛。愛情，有最好。愛情也沒有那麼美，沒有也無所謂。」其實，真有這樣想法的女孩並不多，只是沒遇到真正喜歡的人而已。

B

心情的配方

「港女北嫁」成風潮

婚姻是一種生命。林志玲閃婚而嫁。被視為「台灣三大黃金剩女」，她是之一，還有兩位是林心如、舒淇。隨着林心如、舒淇嫁了，實為「盛女」的林志玲曾感嘆說：「怎麼不小心就被剩下了呢？黃金鐵三角只剩一角了，我要多多加油了。」如今 44 歲的她終於嫁了，「黃金剩女」換人接棒，年紀奔 4、破 4 字頭的女星一一被點名。藝人是公眾人物，過去名列黃金剩女的安以軒、舒淇、徐若瑄、陳妍希，如今都遠嫁海外，由此，一種輿論在台灣蔓延：台灣男人不如人？

「君生我未生，我生君已老。君恨我生遲，我恨君生早」。不知有多少女人曾感嘆過這幾句話。男人最怕的，就是在自己最無能的時候，遇到自己喜歡的女人，而女人最怕的，就是在最美的年華裏沒有遇到對的人。現實就是這樣的造化弄人，有不少人，就是這樣錯過愛情。台灣男人不如人，由此說到香港男人，「港女北嫁」也已成為一種風潮。

最近一檔綜藝節目關注蔡少芬、鍾麗緹，一時成為話題，關注她們的婚後生活，這兩位已婚女星的特點是：在香港紅極一時，後嫁給內地「無名男星」。當下，隨着香港人去內地求學和工作越來越常見，跨境婚姻成了一種現象。不同的是，過去的主流趨勢是香港男娶內地女，近年則是香港女與內地男結婚的比例不時上升。不少藝人港姐嫁給內地男，即使有的尚是在婚姻的池塘裏垂釣愛情，但還是給憂慮「嫁去內地等於貶值」的港女打了「強心針」，打破了她們心理障礙。

香港統計處數據顯示，在上世紀八十年代，大約每 20 對跨境結婚的人中，僅有 1 對是香港女性嫁內地男性。至 1997 年，香港女嫁內地男的比例仍不足 10%。2007 年該比例上升至每 5 對中就有 1 對。2016 年的比例更大幅增長到 1/3。到了 2017 年，「港女北嫁」數量比 10 年前多了一倍。若以在香港註冊的婚姻統計，2017 年跨境婚姻中，三成是香港女與內地男結婚。香港 2016 年共有 22,926 宗跨境婚姻，較 30 年前增加四成，而香港女嫁給內地男的數量由 1986 年的 675 宗，大幅增至 2016 年的 7,626 宗，增幅達 11 倍之多。

香港政府一位官員的網誌這麼表述，上世紀八十年代，跨境婚姻主要是香港人先領取無結婚記錄證明書，再回內地結婚，其中超過 95% 是男性，其後絕大部分家庭都在香港團聚。2003 年是一個分水嶺，自此之後大部分跨境婚姻都在香港註冊。

有趣的是，當下有那麼多年輕人鼓吹「反送中」，卻有那麼多香港青年女子「願赴中（指內地）」。可以說，大部分內地省份的生活質量都比香港高了。幸福才是硬道理。以往香港女性對內地男性的印象是「土」、教育水準低，多不願意嫁過去。隨着香港與內地的經濟、文化發展逐步融合，香港女對內地男的感覺由此改變，不再抗拒結識。在不少港女眼中，內地男較香港男慷慨、豪爽，不太會斤斤計較，不少更曾在海外留學、崇尚創業，對她們頗具吸引力，而不少港男婆婆媽媽的習性，濃濃的孩子氣，實在令港女不是滋味。

「港女北嫁」的趨勢未來會再持續。最近，一份香港與內地跨境夫妻的意見調查顯示，考慮在粵港澳大灣區定居，贊同比例超五成；支持加強香港與內地經濟合作，贊同比例近七成；對內地前景有信心，贊同比例七成。香港確實有許多亮點，但正如有些愛，需要放手才看得到；有些東西，也需要放棄，才能得到更多。

在中年婚姻裏垂釣愛情

引發熱議的都市情感劇《遇見幸福》正在愛奇藝播出。劇中主角司問渠一句「我可以吻你嗎」竟然還上了熱搜。吻戲一經播出，成千上萬網友紛紛表達「欣賞中年人談戀愛」的心緒。

該劇講述的是三個中年人的困境與超越，要真實展現中年人的心酸與焦慮。劇中，甄開放、司問渠、歐陽嚴嚴、蕭晴等人攜手面對現實轉變，重新找回日常的幸福人生故事。無論是身為電視台編導的甄開放，還是銷售總監歐陽嚴嚴，他們都曾經是傳統定義下的成功者。不過，在拋開財富、地位之後，他們承載着負擔最重的家庭責任與精神壓力。他們以「遇見幸福」為目標構建生活，卻在日復一日的追逐中，漸漸模糊了關於「幸福」，最原始而又的心靈愉悅。他們的苦惱和困惑，在當下頗具代表性，社會能不能有這樣的共識：比金錢更重要的是找回自己。

劇中，甄開放失婚、失業，看上去很「慘」，但偶遇「萬花叢中過，片葉不沾身」的機長司問渠，很快擦出愛情火花。一個是剛離婚帶着孩子的單親媽媽，一個是堅持不婚主義的「高富帥」，諸多觀眾網友質疑，這段愛情顯得過於「夢幻」，「是不是安插了一段偶像劇的情節？」

對於劇中男女主角有些「夢幻」的「中年愛情」，該劇導演夢繼坦承，這段感情確實有些誇大，不過，看到今天很多中年人都羞於談愛，但中年人不應該忘記愛情，他們也期盼能擁有這樣的愛情。幾乎所有人都覺得中年人生活苦，上有老下有小，但中年人的生活完全可以甜蜜一點，「要讓他們對生活抱有希望」，希望觀眾在觀賞此劇時能感受一點中年人的甜蜜愛情。

正如夢繼說，入學、醫療等問題都是現實存在，要解決困惑，像甄開放、歐陽嚴嚴一樣，停下慣性奔跑的腳步，適時調轉方向，「現實就是這樣了，重要的是我們要怎麼面對」。《遇見幸福》力圖要表明的是，「無論到了人生哪個階段，都會有不同的困境。但只要心存夢想與渴望，用心過好當下，不辜負自己，就可以遇見幸福」。

愛情是感性的。中年人的愛情也是一種生命，他們的愛也應該是攙扶的一隻手。有人說，婚姻是愛情的墳墓，我卻認為婚姻是培植愛情最肥沃的土壤。曾聽一位情感專家說，真正善於經營婚姻的人，會像一位經驗豐富的垂釣大師一樣，在婚姻的池塘中垂釣愛情，而且還收穫頗豐。大多數人都有一種感覺，結婚前都有一種迫不及待的心情，想打開婚姻的大門，想像着大門後面的景象，憧憬着婚姻世界裏的陽光明媚、滿地鮮花。可是真實的婚姻世界，確實又是平淡如水，只是偶爾起的一陣小風。

情感劇《遇見幸福》受到中年人的熱追。最近的螢屏，中年題材大火，適合中年人看的好電視劇還有《金婚》、《半路夫妻》、《父母愛情》、《婆婆也是媽》、《人到四十》、《金婚風雨情》、《結婚十年》……劇中所涉及的中年危機話題引人關注，但最後多半成了一個又一個中年愛情故事，《我的前半生》裏有這樣的套路，《美好生活》與《老男孩》都難逃爭議。很多夫妻在結婚多年之後都已經找不到當初戀愛的那種感覺，最開始那些單純的感情也會變得市俗化，但是不管怎麼說，總有一些婚姻元素是有幸福感的，總有一些婚姻不管經過多長時間，不管歷經多少滄桑，仍然有愛情存在。

失戀博物館與「兩年之癢」

武漢市江漢區世紀江尚商業中心有一家失戀博物館，開館才半年的這家失戀博物館，是收藏失戀者擁有的具紀念意義物品的展場。武漢和其他地方一樣，每天無數愛情故事都在上演，有的花好月圓，天長地久；有的下落不明，化為烏有。失戀之後，或用最激烈的方式決裂，以歇斯底里的爭吵，親手把朱砂痣拍成蚊子血；或緘口不言，假裝遺忘，每到夜晚獨自舔傷……

購票入館，掀簾進室，大螢幕不時播放的是扎心的愛情電影片段：《後來的我們》、《從你的全世界路過》……與之共情，從中看見自己的過往，那些愛過的人，那些充滿笑與淚的時光。除了影像還有音樂，帶上耳機，細細品味曾經熟悉的旋律，「想念你的笑，想念你的外套，想念你白色襪子，和你身上的味道」。戴着耳機靜靜坐在角落裏的女生，20 歲上下，在無聲抽泣。她在第一個「關卡」待了很久，似是找到情緒出口，可將心中難解的傷感痛快發洩。

再往裏走，就是抖音上火爆的「平行橋」。失戀博物館 200 平方米的空間，5 間房容納不同情緒主題，收藏近 200 件「愛情遺物」，在他人故事中或許能看見自己。博物館取了個名字「斷捨離」，失戀加上斷捨離，聽上去就有很多故事。

「徐先生，你的新娘，我沒機會做了。」落款賢兒的女生，與徐先生相戀 3 年，我們無從知曉他們為何分離，卻能從這一筆記本厚厚的回憶中，看見他們愛過的證據，每一張車票、電影票，女生都用心留存。展覽的物品大多是戀愛時彼此互贈的東西：邦迪創可貼、髮箍、玩偶、婚紗、首飾……到來的人更樂於沉浸在每件藏品背後的故事中。生活中處處有失戀的人，讓他們提供戀愛紀念品及其背後的故事，用此方式讓失戀者釋懷和療傷。這些實實在在的物品，像是無聲的證人，記錄那些不為人知的過往，見證了從甜蜜到分離。

武漢失戀博物館有 3 位合夥人，都是 90 後。自 2006 年世界上第一家「失戀博物館」於克羅地亞開館，誕生了一個可以將愛情「遺物」埋葬的場所。以此為靈感，中國各地也相繼開辦了「失戀博物館」，南京、西安、成都、寧波、南寧、長沙、合肥、哈爾濱……失戀博物館就是想讓那些失戀的人能儘快走出失戀的陰影，願人們都不失戀。或許是在赤裸的失去面前，人們才更懂得珍惜眼前。博物館出口處的留言牆上，寫滿了碎碎念。在傷感與祝福中，這些恨得坦坦蕩蕩的話語，令人發笑卻也欷歔。

珍愛網發布《2019 單身人群調查報告》，剖析單身人群的最新婚戀趨勢。調查結果表明，步入婚姻之後，現今趨勢已告別傳統的「七年之癢」，取而代之的是「兩年之癢」。調查顯示，31% 單身男女認為戀愛 2 年時間會變為平淡期，22% 的人則表示戀愛 1 年就會進入平淡期。同樣，在婚姻裏也容易出現倦怠期。針對離異人群的調查顯示，超三成離異人群表示婚姻倦怠期為 2 年，其次為 3 年（23%）、8 年（20%）。可見，七年之癢已經升級為兩年。國家統計局的數據表明，2018 年結婚率僅 7.2%，創 2013 年以來的最低點。中國離婚率卻不斷升高，從 2012 年離婚率突破 2%，到 2016 年突破 3%，再到 2017 年升至 3.2%。

「兩年之癢」是對承諾的一種背離。戀愛的人，總會作過承諾。承諾很美，容易讓人陶醉，因為它是甜言蜜語的藝術品。其實，承諾正是一朵玫瑰，想要摘取，必須付出代價。

從日本首相夫人的短裙説起

日本首相夫人一條短裙引發話題熱議。

在日本德仁天皇的即位大典上，安倍晉三夫人安倍昭惠一身乳白色短裙。這在眾多身穿過膝長裙或和服的女性中顯得頗為搶眼，引發媒體和民眾熱議。「第一夫人」安倍昭惠熱衷特立獨行，在日本社會常由此引起爭議，有輿論指她言行舉止與身份不符。那天，天皇即位禮儀上，安倍昭惠坐在最前排，短裙露出膝蓋。在當天網絡上，多數網民認為在天皇即位這般莊嚴的儀式上，穿露膝蓋的短裙「有失莊重」。

不過，有人翻出日本政府之前公布的「即位禮正殿之儀」細則，發現其中並未明文規定女性參加者必須穿和服或長裙，而是寫着和服或正式禮裝皆可，短裙、長裙屬禮裝範疇嗎？日本外務省公布的國際禮儀女性服裝規定中寫明，可以身穿普通長度的西裝套裝或連衣裙等。由此來看，安倍昭惠的着裝並沒明顯違規。有日本網民笑稱，「第一夫人」着裝並無不妥，穿短裙更顯得年輕，有少女感覺。

説起「少女感覺」，就想到中國年青女性的短裙。這 20 天，去了石家莊、武漢、上海、南京，去了幾座小城市，四川巴中、福建連城，出乎意料的是，每一地都會看到「短裙現象」。雖值冬季，但隨着氣候變暖，短裙不再只是夏日的流行，在冬季街頭，一樣可以看到時尚妹妹們的短裙裝扮，無論是否低溫，都難以抵擋短裙對妹妹們的誘惑。

說起女孩為什麼要穿短裙，網絡上流行這般說辭，古往今來的名人說的都是一套一套的……屈原：女孩為什麼穿短裙？吾將上下而求索！／李白：短裙直下三千尺，疑有瀑布落九天。／杜甫：安得短裙千萬件，令天下女孩盡歡顏。／白居易：猶穿短裙半遮臀，此時無聲勝有聲。／蘇軾：月有陰晴圓缺，裙有長短厚薄，此事古難全，但願衣更短，千里共裙短……

說起短裙，想起那年珠海中學女生愛穿短裙的事件。為一掃傳統校服的沉悶呆板，給校園注入新活力，珠海金灣區教育局在網上公開 6 款新校服設計方案，經一周投票，師生、家長和社會人士 7 萬人參與，新款校服小學組 1 號方案、中學組 2 號方案成功當選。其中小學女生一款夏季超短裙校服款式前衛，因只遮到臀部而驚爆眼球，激起教師和家長不滿。「女裙款式實在太短，剛遮住屁股，太開放了，沒法接受我的小孩穿這麼短的裙子。」部分家長和老師質疑如此露骨，易引發性侵。市教育局人士也回應稱，裙子確實短了些，會聯絡廠家在製作時適當拉長。

不過，絕大多數受訪學生都贊同短裙方案。「新校服很潮，風格活潑，有韓日特點，我們女同學都很喜歡。」一名女學生說，「很多日韓偶像劇的男女主角穿的校服多好看」，中國學生為什麼不可以。還有學生直言，大人擔心裙子太短是因為思想不健康，想太多了，「既然是投票選校服，當然要尊重投票結果」。中國中小學學生校服分兩種，冬款和夏款，在學校必須穿校服。多數學生嫌校服款式老氣過時，「穿上之後感覺特別掉價兒」。

短裙是一款休閒服飾，傳遞的是青春動感的時尚表情。當下，時尚圈流行一種「下半身消失」的着裝風格，短裙短褲短西裝。短而讓女孩的自由奔放和健康可愛的味道發揮到極致。不過，父母輩對此卻紛紛擔憂。這就是兩代人的視角，兩代人，兩種文化的碰撞。兩代人的生命中有不同的符號。

韓國瑜夫婦吵架：生活百態之一

名人夫妻也是夫妻，是夫妻就難免會吵架。

台灣播出的電視節目《麻辣天后傳》，暢聊主題「韓市長的麻辣問：這些問題我們憋很久了」。國民黨總統參選人韓國瑜被問到，日常生活中會不會和夫人李佳芬吵架？這一年來，他還是第一次被問到那麼私隱的話題。他笑了笑，爽快回應說，夫妻倆相處與一般家庭無異。他坦承吵架也是他倆的家常便飯，一天到晚吵，吵架吵多了，早上起來第一件事還得回想兩人昨天睡覺前有沒有吵過架。韓國瑜笑說：「如果沒有吵架就可以講話，吵架就不講話。」除了自曝與夫人私下難免吵架，韓國瑜說自己脾氣來得快去得也快，每次吵架後都是他先把姿態放軟。問韓國瑜，最近一次吵架的原因，他直言是李佳芬覺得選舉太複雜太揪心，又一次反對他參選。

吵架是生活百態之一，誰都會吵架。無論是誰，遇到一些觸碰底線的事往往會和人吵架，遇到一些傷害自己的事，肯定會為自己辯護，吵架只是維護自己的權利而已，這樣才不會被人欺負。可見吵架在生活各方面都時時存在。

夫妻相處也一樣，婚姻生活裏的男人和女人也並非順風順水，吵架好像是大部分夫妻之間都會發生的事情。兩個人從相識相知，到步入婚姻殿堂，朝夕相處而生活久了，生活瑣事多而常有摩擦，難免意見不合，吵架很正常。不過，男人和女人要記住，吵架也有「八大注意」：不要在孩子面前吵架；不要在外人面前吵架；吵架時不要總是翻舊帳；吵架時不能辱罵對方家人；吵架時不能動手打人；吵架時不能隨意砸東西；吵架時不能以死相逼；吵架時不要聲稱鬧離婚。

韓國瑜是雙子座。據說，吵架分手互不讓步的星座是獅子座、金牛座和水瓶座。獅子座是對感情很認真的星座，但在感情中的獅子座也是一個有錯也不會認的人。金牛座是個特別倔強的星座，所以在感情中如果金牛座和對方吵架了，那麼就會特別執拗，不會去先認錯。水瓶座是個骨子裏特別傲嬌的星座，因此兩個人吵架了，那也是絕對不會先認錯的。

其實，夫妻之間吵架，不會有贏家。不管誰吵「贏」了，輸掉的都是夫妻之間的情分。對於吵架本身而言，它對夫妻感情並非全是負面影響，吵架也能讓夫妻明白目前所遇到的問題，以便及時修正。夫妻兩個人要明白，傷害對方不是吵架的目的，修復感情才是吵架的終極含義。吵架是一把雙刃劍，要發揮它的積極作用，又要克服它的負面影響。一旦陷入吵架誤區，互相傷害，婚姻就如同煉獄。

想起多年前熱傳過一陣汪蘇瀧的《吵架歌》，最後那句是「我們的愛像巧克力，苦澀中帶着甜蜜，包容苦澀的脾氣，才有甜蜜的愛情結局」。這首男女對唱的歌曲，編曲清新逗趣，表達出在戀愛中，每一對男生女生都會有不可避免的爭吵，所有的小脾氣，因為有愛，都沉澱為時間裏喜怒哀樂的經歷，成為彼此心靈成長的必經之路。

據韓國瑜朋友說，有一次韓國瑜與李佳芬吵架，李指着韓的光頭鬧。說起「光頭」，就在那天的電視節目《麻辣天后傳》上，韓國瑜自爆他招牌光頭的掉髮過程，28 歲開始掉髮，32 歲已半禿，幾乎用遍生髮產品，「手指都長毛了，頭髮還是沒長。」逗趣回答讓全場笑翻。有時候，互愛的人吵架也有一種味道。愛情，正是一支水彩筆，在人生的畫卷上塗滿鮮艷顏色。

《人生七年》：人生最大財富是愛

6 月末，情海湧動大浪。雙宋離婚，冰晨情變。33 歲宋仲基與 37 歲宋慧喬 20 個月的短命婚姻玩完，那場世紀婚禮還歷歷在目，如今韓國娛樂圈王子與公主的童話破滅。李晨與范冰冰 4 年情斷，李晨兩年前在范冰冰 36 歲生日上求婚成功，今天雙方卻都說「我們不再是我們，我們依然是我們」。

相差兩天，70 歲甄珍在台北發表自傳《真情真意：華語影壇第一代玉女巨星甄珍的千言萬語》。她第一任前夫謝賢特地從香港赴台力挺。他倆離婚 43 年，首度同台亮相，再見像是一對老友。謝賢當眾告白「我永遠愛她」，還擁抱甄珍送吻。甄珍則回應說，「他對我的愛，我永遠珍惜」，「但友情大過愛情」，無意復合而只想快樂度晚年。

在這一波一波情聚情散的氛圍中，看完了剛出爐的新一季，也是最後一季英國版《人生七年》（63 UP）。這部系列紀錄片的第一季裏，那些 7 歲的孩童已經老去，63 歲時人生基本定型。總共 8 部影片，每間隔 7 年拍攝一次，從 1965 年開始，7 歲，14 歲，28 歲……一直至 63 歲，追蹤這些孩子的生活。透過記錄

14 個孩子的人生軌跡，呈現英國社會半個世紀的歷史變遷。面對這些來自不同階層的孩子，《人生七年》拍攝者原先是想驗證導演的預測：一個人出身的階層決定其一生命運，欲將片子拍攝成階級固化的記錄，然而這就像一場科學實驗，科學家無法控制實驗結果與預期相符，紀錄片最後變成了記錄他們人生過程的存在。

該劇的拍攝，以第三者，即旁觀者視角記錄他們人生經歷，有的家境優越，有的出身貧寒；有的提早輟學，有的學歷頗高；有的天資聰明，有的從小愚鈍。不過，影片透露的人生哲理正是：幸福的鑰匙始終掌握在自己手裏。人生不是靠來自哪一個階層決定的，而是由一個人正面積極向上不斷自我重塑蛻變而成。觀眾透過他們的成長過程，發現人生的最大財富卻是愛。

以劇中托尼為例，拍攝者曾認為他會重蹈父親覆轍，終會投進監獄。托尼的父親在酒吧裏玩牌騙人為生，平均一兩周就要去監獄報到。托尼跟着他學會了賭博，去賽狗場賽狗。他喜歡打架、惹事，很早退學。從小想做騎師，卻未能如願。不過，托尼後來並沒進監獄。放棄做騎師後，他開計程車，這成了他生命依靠。西班牙投資失利回來，他繼續開計程車。托尼的性格特點是生命力旺盛，做事樂在其中。到了 63 歲，他養了馬，和馬兒待在一起。他的婚姻有波折，出軌被抓包，不過那個 63 歲時的鏡頭令人感慨：托尼看着他的馬兒在陽光下打滾，閃着淚花說他還是愛着太太黛比。幸運的是，他有一位普通卻深愛他的妻子。

觀眾卻透過他們的成長過程發現人生的最大財富是愛。拍攝對象走到 63 歲時，最能打動觀眾的不是他們獲得多大的事業成就。導演問林恩一生事業平淡是否後悔，她噙着淚水說此生無悔，這與她找到靈魂伴侶有關。觀眾在為尼克患上癌症而痛惜時，他和第二任太太那迷人的背影告訴觀眾生活還有甜蜜的一面。安德魯的太太回答「是的，我依然愛他」，這時又有多少觀眾還會在意安德魯的事業走到了哪個層次？片中的布魯斯是擁有與給予愛的佼佼者，他對人類的大愛使他能更好地掌控生命活力……

愛，是一種生命。愛，是永遠攙扶的一隻手。恆久與易逝，淘瀝與傷害……那種感覺與生命相伴相隨。

日本職場劇《我要準時下班》引發思考

在職場，我有個習慣，會把每天要完成的工作事項寫在便簽條貼在電腦邊框上，完成一項，便撕下那張便簽扔掉。看了日本電視劇《我要準時下班》，感受此劇所營造的職場氛圍竟然那麼真實。女主角東山結衣會把每天要完成的工作事項，一一寫便箋條貼在電腦屏幕上。不少朋友看完此劇也都感嘆，這細節戳中了自己，很多人都有類似的習慣。

由吉高由里子主演的《我要準時下班》是一部職場劇，在 2019 年春季日劇中興起話題。這部劇 4 月在日本開播，收視率不俗，首播竟高達 9.5%。中國新一代「996」的內心都遭遇撞擊，在豆瓣獲得 8.2 的高分。這所謂「996」工作制，是指早上 9 點上班、晚上 9 點下班，總計工作 10 小時以上，一周工作 6 天。

《我要準時下班》女主角東山結衣屬於那種事不關己的職場人格，她的工作準則只是「做好自己分內事」，下午 6 點準時打卡下班。用她的話說，下班的輕鬆，是上班緊張高效換來的。但在之前，因沒日沒夜工作而病倒，於是她換一種生活：準時下班。她準時下班，喝上一杯只有6點10分之前才會半價的冰涼啤酒，作為準時下班的犒賞，或是回家追劇，這些平常事卻讓她放鬆享受休息時間。

與東山同輩的三谷則屬於古板到骨子裏的人，是典型的加班狂人。她從不請假，還強制同事一起加班。她認為職場新人就要付出卑微努力，沒日沒夜加班是理所當然的，如果不能提前30分鐘到辦公室就算遲到。三谷的病態工作方式，付出了健康代價。這部劇以「不加班」為切入口，將兩種職場價值觀擺到桌面，讓觀眾思考。播出後，不僅在日本社會引發反響，也在亞洲國家產生共鳴。

《我要準時下班》的熱播引出網上熱議：「下班後同事聚餐算不算加班？」這一職場話題。在日本，為了促進員工之間交流，調節日常工作辛苦，不少公司都會定期舉行團建活動。下班了，公司讓員工不要馬上回家，安排一些集體遊戲活動。日本放送協會（NHK）近日還播放電視節目《為什麼公司的團建活動有人氣》，節目中介紹日本一些公司成立「社團活動俱樂部」，組織員工下班後開展電子遊戲俱樂部、種菜俱樂部、打牌俱樂部等活動。不過，在日本社交網絡，不少網民對此抨擊，質疑「個人休息時間不是更少了？」

好的職場劇往往能戳中社會現實、直擊人心。引發社會反響的日本職場劇有《我們無法成為野獸》、《校對女孩》等，向觀眾傳遞的是「認真工作其實是為了認真活着」的道理，職場人都有自己的職業底線。觀眾既是在看職場劇，也是在看人生劇，劇中的感悟絕不憑空而發，而是從職場生活引發。

有這樣的趣說：拍一部醫療劇，美劇中的醫生在治病，韓劇中的醫生在戀愛，日劇中的醫生邊治病邊探討人生。我們看慣了青春校園、都市愛情、家庭親情等題材的戲劇後，最近內地戲劇市場也開始時興專業職人職場劇，有《老中醫》、《怪你過分美麗》等。有劇評人認為，內地職人職場劇大多具戲劇性，劇中角色為升職不擇手段，追求描述職場殘酷和戲劇衝突，突顯職人或職場的專業性與細節就弱化了。日本職場劇應該對中國創作人有所啟示，職人職場的敘事劇情，應展示不同行業或職場生態，這才是當下寫實主義影視創作值得關注的議題，令職人職場劇隨故事展開的話題成為社會聚焦點。

依心而活：陰性神聖能量

香港有個女人節，或許知道的人還不多。剛結束的是第 2 屆，女人節成立的宗旨為頌揚女性的力量和美麗，透過多元化活動，就有關女性的社會議題展開對話，以富有創意的方式，回應女性在生活中會面對的問題和挑戰。常說現代人壓力大，女性壓力更大，同一天空下，有很多女生面對着同樣的難題。據筆者所知，今屆女人節有超過 50 個各種藝術形式活動，以女性的經歷與角度探討女性多種議題。

這幾天，台灣「國光劇團」來香港演出清宮大戲《孝莊與多爾袞》。京劇新編，再探傳奇故事。在清宮野史之中，除了「九王奪嫡」，孝莊與多爾袞的故事大概是最受影視劇青睞的題材。孝莊與多爾袞這對鴛鴦歷經皇室鬥爭、權謀術數，其中的愛恨糾葛，至今仍是後代影視關注焦點。全長 3 小時的《孝莊與多爾袞》，從民眾耳熟能詳的通俗題材，探討共同而深刻的人性，賦予角色悲劇深度。孝莊與多爾袞之間的政治角力與情愛糾葛，孰真孰假？雖然大玉兒與多爾袞的故事早已有許多影視上的改編和敘述，但影視作品大多重於兩人「窄化的情愛關係」上，「國光」版的《孝莊與多爾袞》則反而想凸顯對於女性的書寫，呈現審視女性形象的特殊眼光。

由京劇天后、梅葆玖第一位入室弟子魏海敏主演孝莊太后。她認為將孝莊歸類為強勢的「大女主」並不準確。「有時強烈的東西不見得是有力量的，反而是一種退讓的、我們現在所謂新世代所談的『陰性神聖能量』更有力。」她對筆者好友尉瑋說，「在戲裏，我有很濃厚的女性主義抬頭的感受。如果剖析孝莊這一人物，她在清代開國的時候具有非常大的能量，把三任皇帝的江山都照顧得好好的。也因為她的退讓或者犧牲，或者睿智，處理了非常多的危機。但她從來不把自己的豐功偉績掛在嘴上」。

「陰性神聖能量」。這個世界上的女人確實面臨很多問題。這是由於神聖陰性能量在這裏長期受壓制，失去應有活力。神聖陰性能量的缺失使得她們的世界在能量上失去平衡，成為一個缺少慈悲、寬容、憐憫和愛的世界。在陽性能量的強勢主導下，這個世界出現了許多戰爭、衝突、混亂與痛苦。神聖陰性能量是美與愛的能量，是仁慈、善良、包容、滋養、歡樂、美麗、柔軟的能量。

現在的社會用兩種價值標準來衡量女人，而這兩種標準都走向了極端。一種是按照傳統觀念，要求女人對家庭無條件地付出一切。另一種是按照現代理念，要求女人像男人一樣竭力追求事業上的成功。這兩種標準都偏離了神聖陰性能量本應體現的價值和意義，都會讓女人感到壓抑、委屈、無所適從。

一個完美的女人不需要是全能的主婦，也不需要有很高的學歷、職位或成就。她只需依心而活，依照內在直覺的引領去做自己喜歡的、讓自己真正感到快樂的事，活出平和、善良、喜悅、安寧的狀態。那時這個女人就給混亂的世界帶來了安定，給迷惘的人帶來了希望。那時她就在不知不覺中療癒了這個世界的傷痛，讓世間的陰陽能量得到了平衡，也讓自己內在的兩性能量達到和諧狀態。

勇敢地去做自己吧。就如香港女人節的創辦人所期望的，讓這個以女性為題的節日，令每一個層面的女生都能在 9 天的節日裏有收穫，活出自己的樣子，讓自己開心、快樂，閃耀出神聖陰性能量的光芒。

文壇熱話題：構建女性話語權

雲貴高原貴州屋脊上「美麗與芳香並舉」。日前讀報，讀到 90 後香港青年梁安莉，開啟在貴州赫章的創業扶貧之旅。梁安莉自小在香港長大、後到美國留學 7 年。她一直想找一個有安全感和歸屬感的地方，開始人生和事業。她來到貴州創業一年多，依託國家級科研團隊，與赫章縣簽訂雲海花田田園綜合體的投資協議，種植來自日本北海道的薰衣草和芝櫻，還有高原雪菊、四季海棠、白扇菊，經由雲南昆明的鮮切花市場暢銷大江南北。她的鮮花育種育苗種植大棚，從 100 個發展到 400 個，在赫章鄉村帶動 580 貧困農戶 2,200 多人脫貧致富，為農戶創收 50 萬元人民幣。這讓梁安莉自感生命價值，把青春用在對的地方，凸顯出女性自我意識的覺醒，在當地鄉村，她開始構建女性自己的話語。

構建女性話語，正是時下文壇的熱話題：越來越多文學作品碰撞出鄉村女性尋找話語權的火花。無論是月前諾貝爾文學獎誕生的第 15 位女性獲獎作家的作品，還是在韓國激起千層浪的《82 年生的金智英》……或者是影視作品裏越來越多脫離溫柔、脆弱等標籤的女性形象，正在成為一個越加豐富和重要意象。

上世紀七八十年代，中國作家越來越意識到女性的自我價值，開始對女性自我的認定與追求，如諶容的《人到中年》、舒婷的《致橡樹》、張潔的《愛，是不能忘記的》等，這些作品中的女性形象突破了男權文化的藩籬，表達出對女性獨立人格意識的嚮往。一些鄉土作家則將眼光聚焦鄉土上的女性，在訴說鄉村女性苦難命運的同時，展現她們自我意識的覺醒和對自由愛情的追求，像張弦的《被愛情遺忘的角落》，透過菱花一家兩代母女三人不同歷史時期的愛情遭遇，展現新時期鄉村女性自我意識的覺醒；路遙《人生》中的農家姑娘劉巧珍雖沒有文化，則在追求愛情的道路上邁出更為堅實腳步……解讀急劇變革時代小說中的女性意識：找尋自我，鄉村女性自我覺醒；反抗男權，鄉村女性自我拯救；追求獨立，鄉村女性自我超越。

在中國明代曾這樣記載：「女子最污是失身，最惡是多言」。從這一言論，可真切感受到，古代女子的話語權是被完全剝奪的，這也是「沉默是金」的最早根源。作為第二性的女性，在歷史上沒有地位，也就沒有發言權。隨着社會進步和女性意識的覺醒，女性不滿兩性社會的發展現狀和男性統治的話語權，要求建立屬於女性的話語權。

剛剛讀完梁鴻幾個月前贈送的長篇小說《梁光正的光》。《出梁莊記》和《中國在梁莊》兩部非虛構作品，讓女作家梁鴻被冠以「當代中國非虛構寫作領軍人物」的頭銜。新作《梁光正的光》依然是寫「梁莊」。不過，這次用的是虛構文學的形式，在小說敘事中回顧一位中原農民「梁光正」悲情荒誕的一生。

閱讀這部小說，不難發現書中許多衝突和情節高潮，都發生在梁家父女間的對話和爭吵中，其中梁光正與大女兒梁冬雪的語言衝突最為明顯。人物與人物間的情感矛盾，推進小說故事發展，且構成展現典型中國式家庭的情感勾連方式的基礎，彰顯女兒的女性自主性話語權。小說以獨特視角，描寫鄉村青年女性的成長歷程，反映新世紀鄉村女性主體意識正不斷增強。

可以預見，小說中「美麗與芳香並舉」的「梁安莉」，無論在文學作品還是現實生活中，必會越來越多。

競技場越來越多「花蝴蝶」飛揚

跨入 2020 年，距離東京奧運會和殘奧會僅 7 個月了，作為東道主和禮儀之國，日本運動員對美容和時尚的意識正在提升。女子運動員對美容對時尚，對美甲對化妝的關注，成了熱話焦點。時代潮流正在漸漸變化，一種「美」的意識正在熱聚，透過妝容增強對競技的自信，這樣的女選手越來越多。女子體育競技不需要追求「妝容美」，只求「男人婆」的「粗豪美」之類論調正在淡去。

以前很多人可能認為體育競技不需要刻意追求外在美，但時代的潮流已經不同。運動本身都有運動美，但女子運動員卻對此不以為然。越來越多的女運動員正把「愛美」和「時尚」帶上運動場。在即將到來的東京奧運會和殘奧會上，這些不吝打扮和美甲的女將們將成為賽場上一道亮麗的風景線。

4 個月前，在東京都內舉行的攀岩世錦賽上，頂尖女選手野口啟代頭上紮着艷麗的紅色髮帶，用塗了指甲油的雙手奮力攀爬人工岩壁，見證自己成功奪得東京奧運入場券。野口啟代向來愛打扮，總以靚妝出場比賽，她的美容顧問是前羽毛球選手、也曾從事模特工作的花田真壽美。

身為「體育美容顧問」，花田真壽美活躍於各種競技場合，她也負責殘奧女子田徑選手重本沙繪等運動員的妝容。花田在中學時代喜歡打扮，那次在家人和社會的重壓下，「哭着剃成短髮」的苦澀記憶始終難以抹去，為什麼「如果真心要從事體育就非要捨棄女性身份」？化妝與艱苦拼搏的體育精神並不衝突，不僅能讓自己更美，還能提升競技時的狀態。花田負責化妝的選手「變得積極，會自然地挺直脊背」，能「自信地站上賽場上」，女運動員的心情和狀態有了一種新的感覺。花田指出「美」能讓人生更積極，「希望社會對女運動員能寬容對待」。

這兩個月，網絡上關於「女子運動員的美」成了話題，紛紛質疑「女子運動員需要『樸素』而『強悍』」的固有思維。曾幾何時，人們對女運動員的印象就是「男人婆」，不施脂粉，不修邊幅，越粗豪才越有實力。但現在奧運場上越來越多「花蝴蝶」飛揚，與過去那種強調「樸素」的傳統不同，誰說運動神經好的女生就是強悍？體壇至今仍瀰漫傳統思維，推崇奮力拼搏而選手無需精心打扮。不過，時下女運動員開始對於美和時尚已有獨特追求。

2016 年里約熱內盧奧運會羽毛球女單銅牌得主奧原希望在推特上寫道：「運動員就沒有作為人的自由

嗎？作為一名普通女性，想要打扮、想變得可愛、想被喜歡的東西環繞，如果這樣去做……就得被說成是『得意忘形』嗎？」在里約奧運獲得女子柔道 48 公斤級季軍的近藤亞美也發推文稱「運動員究竟是什麼」、「沒有鬆緊調節的話會死的」。女子跳台滑雪選手高梨沙羅把化妝視作「提振精神之舉」。

在歐美，關於女性在賽場上的形象始終有不同觀點，強壯抑或優雅時常矛盾。2019 年女足世界盃上有不少球員採用多彩髮色和誇張唇彩以彰顯個性，媒體平時會對此津津樂道，可一旦她們在賽場上表現不佳，球迷就會歸咎於女運動員花太多心思在妝容上，可見在體育領域糾正對女性的偏見仍任重道遠。其實，頂尖運動員與政治家、娛樂圈人士一樣，名人背負的光澤在所難免，但享有表達自由，只要是不給人添麻煩的妝扮，就沒必要橫加指責。

體育賽場上，會有越來越多「花蝴蝶」飛揚。

「百年人生」成了日本流行詞

在河北石家莊參加一個媒體論壇，期間聽石家莊朋友說那位退休老人王文錫的故事。今年 74 歲的他，年前發明了「地震救助牀」，獲得國家專利，最近新改良的救生牀引發網友熱議。當地震來襲，房屋擺動，就會觸發與地震牀關聯的應急開關，牀墊會自動下降，上面和側邊的蓋子會順勢合上，將人「包住」，組成一個閉合的箱體，整個過程只需 1 秒。人躺在這個金屬大箱子裏，就像睡在一個堅固的貝殼裏，即使房子震塌了，人也毫髮無傷。牀下設有足夠空間，存儲了基本的生活用品，就算在裏面呆上 10 天半月，也沒問題。這一產品引發地震多發所在國的日本人濃厚興趣，日本人時刻擔心地震會「突然襲擊」，睡個覺也不安穩，這一發明解決了這個問題。

說起日本，想起在社交網站上的「名人」若宮正子，今年 83 歲的她依舊天天忙忙碌碌。在網站，她不時報告自己的近況，參加學術活動、四處旅遊、應邀演講，生活顯得充實。她原是銀行職員，60 歲退了休，才開始使用電腦。80 歲開始學習程式設計語言 Swift，她開發的一個名為 hinadan 的 iPhone 遊戲軟件，於兩年前問世。這遊戲軟件面向高齡者，老人一般耳朵不好、眼睛不好，手指會顫抖，但是他們也喜歡玩遊戲。正子開發的軟件充分照顧老人特點，比如玩遊戲時過了一關，不僅聲音響，還會出現提示文字。一年半前，若宮正子在聯合國發表演講。她在演講中告訴年輕人：不要活得太着急，慢慢來，人生還很長。她說，她開發遊戲軟件，目的就是要把數碼世界和老人世界對應連接。她被稱為「IT 老太太」，她開發的遊戲軟件已有數萬人在使用。

如今在日本，「終生學習」與「百年人生」成了流行詞，人越來越長壽，活到老、學到老、幹到老成了很自然的事。2017 年 9 月，日本內閣府成立了「人生百年時代構想推進室」，用於研究長壽時代的對策。

這些日子來，「日本式養老」又上了網絡熱搜。據北京中央電視台報道，在面臨人口老齡化挑戰的日本，七成老年人選擇居家養老，而來自家庭成員的照顧十分有限，一種名為「托老所」（日護中心）的養老服務應運而生——白天在托老所接受照顧，晚上回家感受家庭溫暖的養老模式成為主流。老人在「托老所」接受膳食管理、康復訓練、洗浴護理等全方位照顧。日本有關機構正在探索將「終生學習」與「百年人生」元素輸入「托老所」運營。

對於中國來說，日本的人口結構和制度經驗，都值得借鑒，中國的養老精神、養老方式和社保制度則面臨全面調整。前不久在北京參加完「共和國勳章」授予儀式的袁隆平，回到湖南國家雜交水稻工程技術研究中心。90 歲的他沒有想過退休的事，他最怕閒下來沒有事情做，他說，「一退休了就沒有事情做，會有失落感。我是做研究的人，腦瓜不行我就完了。我主要還是動腦筋，幸好還沒癡呆，我最怕癡呆」。目前，他和團隊研究的第三代雜交水稻正在向畝產 1,200 公斤衝刺。

正如文前提到的王文錫所言：老如樹，樹要剪枝，目的是集中有限養分，讓樹木長得更高更好。人也如此，到了晚年也要「剪枝」，這樣才能生活輕鬆身體好。他說，剪去不必要的應酬，剪去一概包攬的陋習，剪去愛管閒事的慾望，剪去怕死、孤獨、自卑、焦慮的不良心態。這是一位退休老人的經典感悟。

「最有權勢女性」和神秘紫色

美國《福布斯》雜誌網站剛剛公布「2019 年全球最有權勢（最有影響力）的女性」榜單，德國總理默克爾連續第 9 年排名第一，歐洲央行行長拉加德排名第二，美國眾議院議長佩洛西排名第三，歐盟委員會主席馮德萊恩排名第四，通用汽車行政總裁瑪麗·巴拉排名第五。這份榜單發布之前，芬蘭選出史上最年輕的總理，也是位女性。於是，「女性和權勢」、「女性和影響力」成了網絡上熱議話題。

34 歲的社會民主黨人、芬蘭交通部部長桑娜·馬林的上位，給歐洲已經蔚為大觀的女性領導人隊伍增加了新一員。馬林成為芬蘭有史以來最年輕總理，也是目前世界上最年輕的總理。這是芬蘭繼前總統哈洛寧、前總理耶滕邁基之後的第三位女性領導人。即將過去的這一年，即 2019 年，新上任的享有「權勢」的女性領導人，除了已任職 14 年的默克爾和馮德萊恩、拉加德外，還有斯洛伐克總統恰普托娃、丹麥首相弗雷德里克森等。

《福布斯》的這一排行榜前十位沒有中國人，但進入百名榜的，有陳心穎、董明珠、武偉、王鳳英、孫潔等，香港女性有周群飛、周凱旋、林惠英 3 位。歷史上中國最有權勢的女人，當數手握國家權柄的帝后慈禧和武則天了。從「權勢」女人，想到沒有「權」的「強勢」女人。在古代，也有女漢子、女強人，如穆桂英、花木蘭等巾幗女性英雄形象。

解放軍陸軍第 71 集團軍某合成旅的女兵沈夢可，近日在內地網絡社交媒體上爆紅。據中央人民廣播電台報道，這位女兵 00 後出生（2000 年後），長相英姿颯爽，留着一頭俐落短髮，眼眸裏卻透着陰陰「殺氣」，身高僅有 160 公分，卻於 11 月下旬，從解放軍狙擊手集訓隊脫穎而出，力壓男兵勇奪解放軍「槍王」稱號。2018 年，沈夢可帶着「軍中花木蘭」的夢想從軍，總想着在戰場上與男兵「廝殺」，卻被分配到話務班。她當即表示要去參加狙擊手培訓，這一年多的訓練感受人生酸甜苦辣。

據沈夢可身邊的戰友說，除了軍衣她喜歡穿紫色衣飾。紫色是一種神秘顏色，走進紫的迷戀，源於紫色的那一份細膩浪漫。在西元前十五世紀，紫色尚相當稀有，據說是一種需要極高技術及人力物力才能提煉出的顏色。於是，紫色唯有貴族才能擁有的顏色。紫色具有凝聚力、創造力、反傳統之意。紫色，性感而有點慵懶，但絕不妖艷，於是被聯想為女權主義代表色，近年不少女權遊行、社運，都會以紫色為標語底色。

一個多月前的 11 月 25 日，聯合國國際終止婦女受暴日，法國和意大利都為此舉行反家暴遊行，法國 15 萬人走上街頭「反家暴」，以女性為主，她們籲請政府拿出切實措施提高女性地位。眾人身穿紫色衣服、手舉紫色標語和紫色旗幟，為爭取女權而匯成一片嫣紫海洋。

女性地位的提高其實是一個系統工程，離不開社會制度的保障和理念上的鼓與呼，也離不開女性自身的勇氣和奮鬥。這世界，那些個掌有權勢的女性領導人，多是靠自己的本事上位的，沒有一位是靠男性親屬的蔭庇，她們和男性在政壇同場競技、公平競爭，最終在同一規則下勝出。女性、官員、領導者，這三者放在一起似乎有天然衝突，比如女性如何處理家庭與事業的關係、女子的柔情與官員的剛強、女性的天然親和力與官員之間必要的距離等。這些衝突如果處理得好，就形成女性領導者獨特的魅力。

風潮熱議：從「韓服」到「漢服」

去了 4 天朝鮮，這是我第 16 次入朝，每次都有新發現、新感覺。這次看到能歌善舞的朝鮮女子穿朝鮮服的特別多，由於走進 10 月，朝鮮人的節日接踵而至，勞動黨建黨 74 周年，朝中建交 70 年……喜慶氛圍也就特別濃。朝鮮服，南北韓都稱為韓服，是朝鮮民族的傳統服裝。

韓服是從古代演變到現代的朝鮮民族的傳統服裝，是能按服裝的顏色和衣料演變出各種感覺的衣服。一般來說，上衣用亮色、下衣用暗色最為古典。韓服按不同的場合而分為不同類型，有日常生活、隆重典禮和特定場合之分。韓服特色是設計簡單，衣服上沒有口袋。韓服的線條兼具曲線與直線之美，尤其是女士韓服的短上衣和長裙上薄下厚，端莊閒雅。一襲韓服透露東方倫理和超世俗之美的完美結合。

從朝鮮平壤到新義州，回到中國丹東，再到瀋陽，一路上直觀所見，街頭行走的漢服小姐姐越來越多。從韓服忽然意識到，中國人的「漢服」也正成風：「市場消費人群超過 200 萬」，「產業總規模 10.9 億元人民幣」，「95 後妹子買漢服年均消費 3 萬」，「2018 年購買漢服的人數同比增長 92%」。在抖音上，搜索漢服等相關主題，播放量已超 500 億。在百度貼吧，用戶量也從 2011 年的 3 萬，飆漲到今天的 100 萬，累積發帖超過 1,400 萬。2017 年全球漢服文化社團大概是 1,300 多家，到了 2019 年有 2,000 多家，兩年增加 46%。「漢服」話題又開始被媒體熱議。

「彩線輕纏紅玉臂，小符斜掛綠雲鬟」。漢服「始於黃帝，備於堯舜」，源自黃帝制冕服，定型於周朝，並透過漢朝依據四書五經形成完備的冠服體系。打開短視頻軟體，面帶桃花妝，一身綺麗漢服的小姐姐、小哥哥撲面而來，伴着古風樂曲在良辰美景中翩翩起舞。如今穿「漢服」在年輕人中成為一股風潮，在抖音、快手、B 站的推波助瀾下，漢服產業正急速膨脹。透過淘寶搜索瞭解到，在頭飾上，僅「髮冠」，價格就在幾十到數百元之間，買漢服本身花錢只是開始，隨後想買的披帛、古風包包、搭配鞋子，乃至油紙傘、團扇等，都是不小的開銷，僅頭飾一類，就有髮冠、髮簪、髮釵、髮帶、花鈿、步搖等。

隨着近年來傳統文化復興浪潮的到來，穿漢服在年輕人中成為一股風潮。90 後、00 後成為漢服消費的主體。有北京學者認為，「在 70 後、80 後成長的青春年代，國產影視劇的服道化尚處於起步階段，無論是金庸武俠系列的港台連續劇，還是瓊瑤阿姨的言情劇，劇中人物的服飾都稍顯粗糙，讓觀眾很難生出複製劇中人物服飾的慾望」。其實，最主要的原因，是剛解決溫飽的一代人，尚無力額外消費。90 後、00 後一代卻不一樣了。伴隨互聯網而生的這代人，成長於物質更充裕的環境，擁有更為開朗豁達的金錢觀。陪伴這代人成長的影視劇，諸如《琅琊榜》、《花千骨》、《三生三世十里桃花》等古裝影視劇佔據熱播榜，都以超高顏值的服道化著稱，讓觀眾從細節中感知中國古代傳統文化的魅力，感受漢服的典雅之美。

不少人看重漢服設計、銷售、展覽這塊巨大的市場蛋糕，但深挖文化根基，能做到「着我華夏衣裳，興我禮儀之邦」的高境地的還不多，當人們聊起漢服時，有人在講古代衣服的細節與其文化背景，也有人只看這套衣服我穿上去美不美。這值得人們深思，一起努力，揚漢服典雅之美。

「南男北女」：
韓國帥哥，朝鮮美女

從朝鮮回來，朋友從我微信朋友圈看到我與朝鮮女導遊的合影，說去年的那位金女導遊，漂亮；今年的那位李女導遊，也漂亮。怎麼朝鮮女孩都那麼漂亮。我說，朝鮮半島素有「南男北女」的說法，意思是半島南方男生帥，北方女生美，正是「韓國出帥哥，朝鮮出美女」。

聽說過聲名遠揚的朝鮮美女啦啦隊吧。那都是淡妝素雅，這才真叫美。成員都是 20 到 26 歲，「令人過目難忘」的年輕美女。南方的韓國人稱她們「美麗軍團」，她們顏值爆表，身姿美妙，青春靚麗，能歌善舞，一亮相，令全世界驚嘆。從某種意義上說，她們比運動員和比賽本身更引人入勝。我看過她們在亞運會上為朝鮮男籃加油的場面。她們人人手裏拿兩塊竹板，戴着白手套嘩嘩嘩地打起來，身體像波浪一樣左晃右晃，相當整齊。一會兒變戲法似的每人拿出一朵大紅花，紅彤彤一片晃着；一會兒每人拿出一面鮮紅的摺扇，還是紅彤彤一片。能入選啦啦隊，在朝鮮令人羨慕，對個人來說關係到一生的前途。

在朝鮮，另有一個職業同樣令人羨慕：鏗鏘玫瑰女交警。23年前第一次去平壤，在街頭楊柳綠色中，發現幾枝「玫瑰」。在十字路口中央，淡淡化妝的女交警，手持交通指揮棒，雙眼注視着往來車輛，修長身材，亭亭玉立，動作俐落，標緻典雅，像是一場天使般的藝術演出，都說動作俐落的女性最性感。幾年後有機會對她們作過一次採訪。女交警是從高中畢業生中精心挑選的，體貌端莊，聰穎健康，身高不低於1米65。女交警制服夏裝為白衣藍裙，春秋裝為藍衣藍裙，冬裝為藍衣藍褲，寒冬則穿戴皮衣皮帽皮褲皮靴。

全市有60多個交通哨所，每個哨所有5至6個女交警和幾名男交警組成，每天從早上7點到晚上10點，女交警輪流上崗指揮交通，工作辛苦，但待遇不錯，得到國家特別照顧，每天政府供應每人800克糧食，比常人多200克。不同季節配發制服、雨衣、雨靴、墨鏡、手套、鞋帽等各種用品，連化妝品都由政府提供的朝鮮名牌產品。7至8年服役期滿後，政府根據她們的意願，或讀書深造，或選擇工作，安排去向。

啦啦隊也好，女交警也好，都有一個特點：清純靚麗，從不濃施粉黛。如果說韓國女生嬌嗲可愛，那朝鮮女生溫柔而不做作。韓國雖說也是美女多產地，但都知道韓國美女多是整容而來，是人造美女，總感覺假，而朝鮮美女就是純天然本色。

在酒店裏，遇到女神級禮賓人員，你沖着清純的她淡淡一笑，她會回應你一臉和藹。在朝鮮的外國人能接觸到朝鮮女生的機會相當有限，外國男想約朝鮮「妹紙」單獨出來，總會無情被拒。其實即使外國女約她，朝鮮姐妹也不敢單獨赴約，哪怕只是喝一杯茶。她們會坦誠而遺憾地說：「真不好意思，我們要和外國人保持距離，被別人看見了不好解釋。」

都說朝鮮女人能吃苦耐勞，說話柔柔，沒有脾氣，在家賢淑孝順，在外溫存斯文。於是，都知道朝鮮姑娘是超適宜娶回家做老婆的。隨着朝鮮經濟的一步步開放，越來越多的女性顯示出經商的天分，她們在很多領域都成為新興領導者，不再僅僅圍着鍋台轉。

欣賞美女，得用心觀察、用心體會。去掉濃妝艷抹，虛浮誇飾靠邊站，你會發現，那些純樸開朗、素顏美肌的女孩，總叫人願意一看再看。

學會了解「喝奶茶」長大的 90 後

剛讀了一份調查報告：2019 年中國現制茶飲市場為 500 億元人民幣，消費者中一半是 90 後。他們養活了各式各樣的奶茶店：大小商場、小吃夜市、商業步行街、住宅區周圍、校園外的餐飲街……很多奶茶網紅店天天排長蛇陣。

在家裏，父母都反對兒女經常喝奶茶。學界一再聲稱，奶茶是一種多混合型飲料，除了奶粉和果粉的添加劑外，還額外加入大量香味劑、甜味劑、防腐劑、增稠劑、消泡劑、色素等，只要有一種添加劑超標，就會導致奶茶超標。在中國大陸，90 後被視為喝「喜茶」吃「海底撈」長大的。90 後有一個不被人理解的消費行為是對奶茶的追捧。90 後王曉鈴加班時總會點一杯奶茶，她在微博上寫道，「寒冬臘月裏，買一杯奶茶捂在手心，很溫暖，再吸一口珍珠，溫潤柔軟，就像和久未見面的戀人熱烈擁吻」。明明知道奶茶中含有讓人上癮的不健康物質，但就是不捨得戒掉這個癖好。90 後用屬於他們的消費觀念和消費方式，標記這一代人的獨特性格。

90 後，即 1990 到 1999 年出生的年輕人，他們生活在資訊科技發達、物質富裕的年代，穿着時髦，強調自我，滋養了一種不一樣的人格特質。有人認為他們心靈脆弱，抗壓性低，難以獨立生活，缺乏積極人生態度。但也有人認為，這一群體年青人懂得品味，懂得追求，勇於踏入職場。

剛結束的台灣大選，兩個月前的香港區議會選舉，兩場選舉中最活躍的主角大都是 90 後，首投族和年青世代傾巢而出，他們的選票決定了選舉大局。哪裏有新世代，哪裏就有希望。誰贏得新生代，誰就贏得未來。不過，在官場在學界，面對這群擁有不同價值觀的新人類，社會似乎脫軌而沒有準備好。學會瞭解這一代人成了一種顯學。

台北西門町，是年輕族群的時尚流行聖地。要了解台灣年輕人，就應該到西門町多走走，了解他們的消費觀念。這群在 1990 年後出生的新生代，約佔全台總人數的 13.6%。他們熱衷於次文化的「御宅族」，頻繁換工作的「液態族」，外表光鮮而承受不了挫折的「草莓族」等新名詞，相繼被冠到這代人頭上。

在中國內地，人口中每 6 位就有一位是 90 後。在他們看來，掙錢少沒關係，但日子要過得精緻。「我們 800 元錢的衣服可以買，8 元錢的運費，就不行」，「超市購物一大堆可以，買兩角錢購物袋，不行」，「1,000 元可以花，10 元錢必須省」……近日，一條網友創作的名為「該省省、該花花」的視頻，在抖音上收穫 300 多萬點讚。「精緻窮」、「月光族」、「啃老族」、超前消費、懶人式消費、獎勵式消費、治癒式消費等洋洋灑灑的標籤，都是用來形容 90 後獨特的消費模式，他們秉持精緻生活理念，收入不高，花銷不小，自信「活在當下」。

90 後是互聯網的原住民，年輕人過年要視頻拜年聚會、自拍曬照，圍繞美顏美妝、美容健身等提升外表的「顏值消費」，春節前成為年青人熱捧。2020 年 1 月，Mob 研究院發布的《2019 中國顏值經濟洞察報告》稱，2019 年中國「顏值經濟」App 活躍用戶規模達近 4 億。父輩常常數落他們不理智的消費行為：「怎麼不知道存錢呀」、「別亂用那些分期付款」。也許他們的財力今天還顯得窘迫，但他們代表着一個新興潮流，代表着中國經濟的新希望。新一代消費者已經出現：不是亂花錢，是更會花錢。

文在寅送書《90後來了》的啟示

韓國總統文在寅又送書了，這回給青瓦台所有同事送的書是《90後來了》。這是文在寅年內第二次送書。8個月前的春節前夕，即1月30日，文在寅贈予下屬同事《積澱之路》一書。記得2017年12月訪華期間，文在寅曾將自己親筆撰寫的傳記《命運：文在寅自傳》中文版贈與國家主席習近平，此書憶述文在寅30多年的跌宕人生，出版於2011年，在韓國銷量早已突破百萬冊。

據首爾的一位外交官說，文總統酷愛讀書，也喜歡送書。文在寅在休假期間的閱讀書單，往往在韓國閱讀界成為熱議話題。2017年，文在寅在夏季休假期間閱讀的《明見萬里》，在社交網絡披露後，旋即登上暢銷榜。2018年休假期間，文在寅閱讀的《國手》、《少年來了》、《一同流淌的首爾時間和平壤時間》等書被公開後，頓時成為韓國熱銷書。2019年韓日爭端加劇，文在寅取消休假，但仍不忘給手下同事送上適合休假時閱讀的書籍。

據說，送禮品是有講究的。送圍巾——我永遠愛你；送睡衣——我給你我的全部；送口香糖——我希望跟你交往很久；送杯子——和你在一起一輩子；送戒指——你永遠屬於我的；送傘——我在任何情況下都要保護你；送鏡子——你別忘記我；送項鍊——我要你在我身旁；送香煙——我討厭你……那麼送書呢——我相信你很聰明。

當下，青瓦台休假季，文在寅認為「聰明」的同事閱讀此書有助於理解新一代人。他贈書，還寫下寄語：「瞭解新一代才能為未來做準備，才能解決他們的苦惱。誰都經歷過年輕，但現在我們對 20 多歲的年輕人瞭解多少呢？」

《90 後來了》一書作者任洪澤（音譯），在企業負責新員工培訓。全書以案例為主，講述了剛進入社會，並引領當前文化和消費趨勢的 90 後年輕人的特點。在韓國，90 後年輕人對執政黨的支持率不高，文在寅送此書顯示他與年輕人溝通所做的努力。

所謂 90 後，是指 1990 年 1 月 1 日至 1999 年 12 月 31 日出生的一代公民，當下年齡是從 19 歲到 29 歲的年輕一代。在中國內地，90 後普遍為獨生子女。90 後的理念與老一輩國人有很大不同。社會上不乏對 90 後的批評，但 90 後作為「富有朝氣，勇於擔當的一代」的社會形象，依然是大多數人所認可的。

在香港，這兩個月來的暴力衝突，主力軍卻是 90 後。除下口罩，摘去頭盔，脫卸眼罩，露出的多是青春年少。暴力，就是一種罪惡。遭遇辱打的警察，不忍心還手反擊，抹去血淌着汗含着淚說，「他們也是中國人，他們還是孩子啊」。每一時代有每一時代的使命，每一代人有每一代人的特點。90 後群體勇於擔當，但年少氣盛缺少磨礪，對他們多些包容的心態，當然沒錯，但更需要的是對他們多些正面引導。

90 後是富足的一代，集寵愛於一身，衣食無憂。90 後也是貧窮的一代，絕大部分時間不是在工作，就是在加班，有資料顯示，56% 的 90 後沒有存款，租不起一居室，用 6 位數的密碼保護着 3 位數的存款。90 後是特立獨行的一代，個性叛逆大多源於他們不想被控制，堅持人格獨立，因此，在離開校園，踏入社會的第一步，他們就堅持與控制源脫離大部分關係。

剛剛讀了新書《郝柏村回憶錄》，這位台灣前行政院長在書中批評前總統馬英九任內廢除軍法制度，並任由義務兵役制被破壞。「我無法理解，近 30 年來，幾乎所有『主張』台灣獨立的人，往往都是逃避兵役和反對徵兵的人。他們甚至導致廢除軍法制度，使軍紀蕩然無存」。難怪民進黨前主席施明德說，老將軍回憶錄中的批判值得掌權者深省。一味討好年輕人換取選票，不是真「愛台灣」，不配做國家領導人。這樣被縱容、呵護的新世代，也不配做台灣未來的主人翁。

這話說得多果斷，「不配做台灣未來的主人翁」。

同理，香港的這幫暴力青年，也應該讓他們嘗到施暴後需要付出的代價，這也是一種「引導」。當局應該列出黑衣人名單，包括年輕人，如果沒有深刻的自我反省，今後大學不錄取，公司不錄用，內地不能去。青年興則國家興，青年強則國家強。但現在的政府，現在的校長，現在的成年人，一味討好年輕人，這種縱容容易導致錯誤政策。

C

心情的配方

中文癌：從「老皮」說起

如果你的姓名中有個「皮」字，人們稱你為「老皮」，你接受還是拒絕？

新西蘭副總理溫斯頓・皮特斯的中文名「老皮」，近日在新西蘭輿論界掀起軒然大波。當地華文媒體習慣將「皮特斯」簡化為「老皮」，是當地華人圈約定俗成的說法，用了 20 多年，從沒有人提出異議。

近日，新西蘭一位號稱「中國問題專家」的瑪麗安・布萊迪，日前向國會法治委員會指稱，如此稱呼「帶有歧視性」，是「中國影響力滲透新西蘭的又一證據」。布萊迪還提交了一封收到的匿名信。信中列舉了新西蘭中文媒體把皮特斯稱呼為「老皮」的報導標題、內容及網友評論的截圖，信中稱「老皮」這個稱呼，有「老壞蛋」、「老無賴」、「老滑頭」、「老狐狸」的意思。也有新西蘭的「中國問題政客」稱，這是中國人通常說的那種「中文癌」、「漢語癌」。布萊迪在新西蘭學界長期扛起反華大旗，其偏激立場頻遭新西蘭主流學界唾棄。

不過，當地不少學人則稱，縮寫名稱不包含價值判斷，皮特斯本人也回應說：「『老皮』這個稱呼並不存在貶義成分。」在新西蘭關於「老皮」的爭論仍在繼續，沒想到的是，這反而激起新西蘭人學中文的興趣。

語言和文字，是文化載體，是溝通橋樑。學中文對外國人而言，是瞭解中國博大文化的重要方式，中國也借湧動在世界各地的「中文熱」，提升文化「軟實力」。「全世界都在學中國話，孔夫子的話越來越國際化」，用這句歌詞來形容當下正席捲世界多國的「中文熱」並不過分。「各種顏色的皮膚、各種顏色的頭髮，嘴裏說的念的開始流行中國話」，這句歌詞出自昔日台灣女子偶像團體 S.H.E 的作品《中國話》，無疑是當下「中文熱」席捲全球的寫照。除中國之外，全球學習使用中文的人數已逾 1 億，中文「朋友圈」正日益擴張版圖，已有 60 多國與地區把中文納入中小學考試或高考。

都說中文是世界上最美的文字。中文，或許更傾向於指書面形式。漢語，更是廣泛概念，包括口語和書面語，普通話和方言。新西蘭政客所指「老皮」是中國人通常說的那種「中文癌」，其實是一種誤判。將姓名簡稱，與「中文癌」相連是「渾身不搭界的」（吳語）。所謂「中文癌」，確實是中文領域當下的一種語言現象，指在口語或書面表達上普遍存在用法不當的現象，例如話語中的冗言贅字過多、言語邏輯不通順、詞不達意、歐化中文等，和語病的差異在於「中文癌」不一定不合語法文法規則。

「他剛才『進行』的《美國陷阱》的演講」、「立法會『進行』討論《逃犯條例》」、「幫您『做』整理」、「是否要『做』結帳」、「有局部性大雨『發生的機率』」、「在一定程度上」、「對…來說」……原本中文可以表達「很難」、「易讀」，加入英文構造裏的「度」、「性」變成「難度高」、「可讀性強」；中文的「因此」，變成「基於這個原因」……這些正是盲目「歐化」的結果。要說「洗頭」，卻說成「在理髮的程式裏，先為您做一個洗頭的部分」。

「中文癌」是對語言「肌體」的破壞，也是對社會「肌體」的破壞。有許多「自以為是」的表述，卻不符合漢語的運用規範。任由「中文癌」肆意蔓延，美麗的中文便頻遭破壞。「中文癌」成為一種現象，新西蘭那位政客也算是敲響警鐘吧。

「藍瘦香菇」和「雨女無瓜」

最近，內地網絡一片哀嚎。網文被刪，微博被封，微信公眾號遭屏蔽，就在微信群組裏也常常發不了話，事緣香港修訂《逃犯條例》事件發酵：數十萬人遊行，衝擊立法會，圍堵警察總部，特區首長道歉，警方發射布袋彈……這些都是當局不想讓人們看到的。於是網民們再度熱衷諧音控。

在網絡剛開始發展起來的時候，當局為控制言論，設置敏感字過濾系統，凡是被認為不應該出現的詞彙，就無法正常在社區、聊天室等網絡公眾場所發布。網民為了正常發文，就開始運用諧音抵抗。按學者分類，諧音的使用有兩種情況：有含義的諧音，即雙關梗；無含義的諧音，生造或援引其他無關的詞彙。雙關梗是比較有技術含量的諧音梗，它顯示創造者豐富的學識和想像力。諧音梗，是利用字詞同音或近音的條件，用同音或近音字來代替本字，產生辭趣的修辭格。

那天在家，老婆端着一盆菜走出廚房，她說不好意思哦，做的沙拉有點粗糙。我說，沒事，這就是泰式料理的特色。她說：哪有這樣的泰式料理？我說：太式料理，就是太太你做的料理，簡單粗暴，偶然燒糊……這些都是太式料理的特色。老婆聽了一臉慍色。

語言在某種程度上會影響人們的思維和認知。從「泰式」到「太式」，這種諧音梗在生活中使用多了，部分諧音梗開始成為網絡語言的一部分，被公眾接受和廣泛使用，成了「漢語新詞」。最近，少兒劇《巴啦啦小魔仙》裏遊樂王子令人訝異的「塑膠普通話」突然走紅，劇中他把「要你管」和「與你無關」的台詞說成了「要你寡」和「雨女無瓜」，這些詞竟然如病毒般傳遍各社交媒體和視頻網站的留言和彈幕中。

生活中方言的發音變成流行文化的梗，並非只是網絡時代的產物。記得當年馬三立的經典相聲中「豆泥灣兒」，即「逗你玩兒」，這個帶着方言發音的詞彙，印刻在人們腦海。難怪有學者認為，流行的方言梗要長存，首先需要超脫意義本身，變成越抽象的東西越好，才能引起更多聯想。

3 年前，「藍瘦香菇」這個「難受想哭」的諧音傳遍互聯網。3 年後的今天諧音梗並沒消失。「藍瘦香菇」簡化的意象讓人想到一朵藍色瘦削的香菇，是一個核心名詞詞素帶着兩個修飾的形容詞；「雨女無瓜」構成了一幅雨天裏女子沒有瓜的場景，但包含意象太多，而且有主有謂有賓，過於複雜，不如前者那麼好記。一個方言諧音如果直接能套用現有標準語詞的話，往往給人印象深刻。北京話的「裝墊兒台（中央電視台）」讓北京人看見總能會心一笑。

語言一直在不斷更迭。人們見證了比以往更快的詞彙的誕生，也會看着其中大部分只是為一時笑料而創作，缺乏深度的詞彙消失在語言長河之中。那天在上海徐匯商場，看到一張汽車海報：「反其道而型」。是這輛車很有型，還是開了它就可以逆向行駛？這句很「巧妙」的諧音梗文案，打動不了多少人，誰敢逆向而行。有的品牌諧音梗用的真不錯，優衣庫的「服適人生」，這四個字既簡單精練，語義又豐富，既在功能上展示衣服的使用價值，又傳遞優衣庫的衣服適用於每個人的消費理念。

語言是公共的，但人們經常會錯誤地使用某些詞語，說出一些不合語法規範的句子，甚至生造出一些不倫不類的概念和表達，語言規範有助於提升思維的清晰性與嚴謹度。

炫富神器：從茶葉蛋到榨菜

茶葉蛋成為「炫富神器」，那是 8 年前。在一次電視節目中，台北美食學院教授高志斌聲稱，「大陸人吃不起茶葉蛋」，話音剛落，引爆網絡熱議。翌日，在網上搜索「你吃得起茶葉蛋嗎」，吸引 20 萬名大陸網友投票。其中，逾八成網友調侃「根本吃不起，高富帥專屬消費品，購買要分期付款」，也有網友則表示「毫無壓力，一口氣能吃十個」。之後一連多日，「茶葉蛋」一詞穩佔微博熱搜詞排行榜前列，網友為「炫富」，紛紛曬出自己吃「奢侈品」茶葉蛋的照片。兩岸隔絕數十年，如此誤讀發生在上世紀八十年代尚情有可原，如今仍如此不瞭解，令人訝異。

近日，這「吃不起茶葉蛋」再被提起，是因為台灣「財經專家」、名嘴黃世聰，日前在一個電視節目中語出驚人，「大陸人連榨菜都吃不起了」。所謂的理據則是「大陸內部問題非常嚴重，有一檔股票叫涪陵榨菜，業績好的時候，表示大陸一般中下階層過着不錯的日子，因為吃泡面配榨菜，但涪陵榨菜最近股價大跌、業績大壞，因為他們連榨菜都吃不起了」。

這位所謂「專家」一開口就將涪陵榨菜的「涪」

（音：福）字念作了「陪」。涪陵是三峽重鎮，知名度不算低，這位專家的水準也可想而知。此番言論一出，立馬在大陸發酵，一度衝上微博熱搜第一，引起大陸無數網友競開玩笑：「我們富貴人家吃榨菜是不切的，整顆啃」，「嚇得我趕緊去買包榨菜炫耀一下」……

榨菜成「梗」是因其味道已烙刻進集體記憶，榨菜是國人消費升級歷史的一個「刻度」。涪陵榨菜是重慶市涪陵區特產，中國國家地理標誌產品，選用涪陵特有的青菜頭，經獨特加工工藝製成的鮮嫩香脆的風味產品，與法國酸黃瓜、德國甜酸甘藍並稱世界三大名醃菜。

黃世聰自信「在台灣名嘴中，沒有比我更瞭解大陸的」，但這位教授說大陸人「吃不起榨菜」確實孤陋寡聞。「吃不起榨菜」背後折射的不是某一個「專家」的專業素養問題，從「茶葉蛋」到「榨菜」，折射出的是思維邏輯與思維習慣的僵化，戴有色眼鏡看大陸，不講基本的政治邏輯與市場邏輯，而套入既有的印象中。

不瞭解便容易產生誤解，不瞭解便容易聽信謠言。多年前，台灣有人說「大陸人沒見過手提包」、「大陸人買不起電腦」，還有人問「上海有沒有高樓」、「大陸有沒有地鐵」？這些不是「玩笑話」，凸顯了部分台灣民眾對大陸相當缺乏瞭解。兩岸開放交流 30 多年，由於兩岸政治困局，輿論交流中客觀部分往往被忽略，而如「榨菜」等事件則會被無限放大，不斷被渲染，長此以往，兩岸對彼此的認知只會倒退而沒有進步。

對於引起熱議的言論，黃世聰在社交平台上開玩笑說：「請叫我『榨菜聰』，講錯的涪陵發音，本人表達歉意」。事後幾天，烏江涪陵榨菜公司寄了一箱榨菜送給黃世聰，說「感謝您對榨菜文化普及、漢語言文化的推廣」，「感謝你能在節目中以如此激揚的情緒，推薦大陸千年歷史的榨菜，以幽默而自嘲的方式教授了漢語『涪』的讀音，激發網友炫富的聰明才智」。黃世聰在臉書發文稱，收到了烏江涪陵寄來的兩大包榨菜。是日一早，「台灣榨菜聰收到兩箱榨菜」的話題直衝微博熱搜第一，閱讀量達 3.8 億。

即將過去的這個夏天，最流行的食物搭配是什麼？無疑是：茶葉蛋配榨菜。

年度漢字：迎來冬的總結

又是一年四季輪迴。走過春的播種，走過夏的灌溉，走過秋的收穫，迎來冬的總結。各地紛紛部署年度漢字評選，為即將過去的一年作回顧。借漢字的言簡意賅，年度漢字具備相當的「濃縮性」。

年度漢字評選，是使用漢字地區的一項評選活動，中國、日本、韓國、馬來西亞、新加坡等國家和地區都在評選最具代表性的年度漢字。各地民眾根據一年內發生的國內國際大事，發生在身邊的一些難忘之事，選定一個漢字或一個詞組以反映全年焦點，以美麗的漢語來評點不斷新變的中國與世界，為每一年的年景留下醒目標記。年度漢字評選的起源，一般認定是 1995 年日本漢字能力鑒定協會組織的年度事態漢字，選出的日本年度漢字由日本清水寺住持親筆寫下，並在寺中陳列一年。

中國評選單位較為權威的年度漢字評選始於 2006 年，是「漢語盤點」年度關鍵字詞評選。與其他評選不同的是，該項年度漢字評選分別選出代表中國國內與國際的兩個漢字。「漢語盤點」由中國國家語言資源監測與研究中心、網絡媒體語言分中心、商務印書館、新浪網等主辦。2018年度，「奮」、「改革開放四十年」、「退」、「貿易摩擦」分別當選年度國內字、國內詞、國際字、國際詞。

第11屆兩岸漢字節已公布徵字。由兩岸各界名家提出最能代表過去一年兩岸關係的漢字，開始在台灣《旺報》與內地《海西晨報》刊出，接受全球網絡票選。主辦方分別邀請了兩岸各領域36位知名人士，推薦他們心中最能代表2019年兩岸關係的年度漢字，並邀請知名書法家書寫這36個候選年度漢字，而後，開啟網絡票選通道，邀請懂華文涵意的民眾為候選漢字投票，12月13日結果揭曉。這項活動已持續10年。海峽兩岸漢字節暨年度漢字評選活動，已成為全球七大漢字評選活動之一，參與度與影響力排前三名。

國民黨提名總統參選人韓國瑜推薦字是「庶」，理由：庶民覺醒，台灣正處於由下而上的翻轉改變，農漁民、攤商、勞工等基層庶民的聲量空前巨大，庶民腦袋已經打開，不願見到台灣因意識形態陷入空轉；庶也代表「富庶」，拚經濟已成庶民最大公因數，政府施政不能只再看高不看低，藏富於庶民才是台灣人民的期盼。

國民黨主席吳敦義推薦字是「和」，世界周報主持人陳文茜的推薦字是「遠」，台灣海霸王董事長莊榮德的推薦字是「融」，中華民國旅行公會全國聯合會召集人李奇嶽的推薦字是「困」。民進黨主席卓榮泰的推薦字是「智」，國會黨主席妙天的推薦字也是「智」，不約而同選上同一個字，顯見漢字千變萬化，同一字可以有不同解讀。

今天所能見到的最古老的文字，是商代刻在甲骨上和鑄在銅器上的文字。漢字作為中華民族的語言，包含數千年文化內涵，反映了民族精神。雖然隨着科技的發展，漢字逐漸演變成交際符號，但漢字的演變規律和文化內涵是無法忽視的，演變規律具有很強的文化內涵，其中包含幾千年的文化，漢字從創始到現在，在不同的歷史階段中經多次演變，在不斷的演變中漢字字形發生很大變化，現代人很難透過變化後的漢字，理解其古代的含義和想要表達的訊息。

當下正邁進 12 月，在街頭，望着車來車去、人來人往，用一個漢字，對自己即將過去的一年作總結，你的腦海裏浮出屬於你自己的年度漢字了嗎？

閱讀生活步入「共讀時代」

在香港書展聆聽每一場講座，看到台下讀者與台上作家講者互動，你說我聽，你問我答，台下讀者之間互相切磋，你說我說，由此，我就想起「共讀時代」那個新詞。讀心儀的作家作品，聽同一場講座，這種讀者之間的種種「共讀」，建立在他們共同的讀書趣味和思想邏輯上。文學大家林語堂說過，讀書是一個發現的過程。讀者「共讀」引發彼此的關注和探求，因為「共讀」，讀者有了共同心靈，在「共讀」中發現與自己品行喜好相似的讀者，由此形成一種閱讀的集體文化意識。

移動互聯網環境對大眾閱讀習慣產生深刻影響。網絡閱讀的便利性、開放性、互動性，讓人們得以獲得更多閱讀機會，也更新了人們閱讀方法。「網易蝸牛讀書」App 推出「共讀」功能，和相隔百里千里而心靈類似的朋友，頗有儀式感地相約某個時辰讀同一本書。他們讀書態度一致，在選擇圖書上有共同趣味，讀書拉近了他們的聯繫。

在「共讀」中，關於圖書、閱讀的互動和分享，加深了閱讀者之間的溝通和認同及相互理解，這種讀書體驗，是不是有種把讀書納入「親密關係場」的浪漫感？與微信社交緊密綁定的「微信讀書」，開闢了「共場所」的微觀視角，你我能互窺一眼對方朋友的閱讀生活，圍觀這位朋友的讀書筆記，一覽好友讀書排行榜，「偷窺」朋友選擇圖書的品位，就像是闖入他家小書房，還可以推薦一本好書、分享一本好書，「贈送」一本心儀的書給他人……

這般閱讀的「共讀時代」，體現在「共時間」上。「共讀時代」也可以體現為作者與讀者的「共創作」。在文字彈幕密集的小說頁面中，有的作者會主動參與和粉絲一起創作。當讀者吐槽情節真實性時，作者會「進場」解釋；當有人捕捉到常識性「硬傷」時，作者會旋即更正，並在「段評」裏告知所有讀者「已改」。編段子、撰寫角色小傳……這是粉絲與粉絲之間的「共創作」。

這也是一種「共讀」。在「一城一書」等大型閱讀推廣活動成功舉辦的基礎上，中國圖書館學會閱讀推廣委員會面向全國統籌實施「掃碼看書，百城共讀」活動。有媒體統計顯示，在起點中文網上，整個平台評論數量前 50 的作品，累計能產生超 2,800 萬條評論，單部作品最高評論量達 150 萬條，10 萬以上評論量成為爆款作品的標配。

讀書缺乏比較性，就容易讓讀者陷入年初列書單，年尾感嘆時間蹉跎的惡性循環中。「共讀時代」為人們讀書提供了一種更好的互動式體驗方式，也為人們選擇自己的讀書方式，提供了更多周邊可借鑑路徑。「共讀時代」有利也有弊。但若是這種閱讀比較變成攀比，人人在計較自己讀書的數量，那麼閱讀就成為了走馬觀花；過度關注閱讀互動而放棄閱讀本身，閱讀就變成華而不實的煩惱。

這是最好的讀書時代，「共讀時代」到來，讓讀書由一個人的事變成共讀時間。全民閱讀活動的開展，讓人們在時間和資源上都有充足選擇空間。我們的閱讀生活，迎來具有參與件、分享性、共同性、互動性的「共讀時代」。今天提倡「全民閱讀」，建立「書香社會」，讀書由「全民閱讀」走向「社會共讀」，兩者最大不同是，前者能形成一種社會整體氛圍，後者則能讓不同個體之間的閱讀接觸更為密切。讀書，開卷即可有益；從開卷開始，共讀時代，每一個你我都將獲益。

「我們一起悅讀的日子」

「我們一起悅讀的日子」讀書活動，是香港書展的一大品牌。這些日子來，香港政治環境充滿戾氣。走進 7 月，香港文化月，7 月香港卻吹進一股清新文化氣息，每年 7 月的香港書展，成了「書影迷城」，今年是 30 周年。香港書展是文化月的主體，「我們一起悅讀的日子」又是書展重要的讀書活動，2019 年步入第 7 年。

「我們一起悅讀的日子」讀書活動，分中學組、小學組一連兩天舉行。2019 年，有 20 名台灣屏東學生、18 名廣東佛山學生和 14 名澳門學生，與千名香港中小學生共同交流閱讀樂趣。一早，主辦方用數十輛巴士從香港各角落，將學生接到灣仔會展中心。開幕式後，三地兒童文學作家，香港周蜜蜜、黃虹堅，上海陸梅，深圳陳詩哥，台灣嚴淑女和王文華擔任閱讀與寫作的指導老師，講解如何寫作文。午餐後，由義工帶着學生逛書展，每人獲 150 港元購書費，各自買心儀的書，再回到活動現場，根據主辦方提供的多個作文題目，每個學生選擇一個題目即場作文。翌年 4 月，這些學生的作文選彙編成書，舉辦新書發布會。

童心不泯，童真不朽。少兒閱讀，在童年和少年撒播美的種子。幾年來，「我們一起悅讀的日子」出版了5部學生現場作文集《閱讀，從這一天開始》（2014）、《我們一起悅讀的日子》（2015）、《悅讀，從少年起步》（2016）、《少年：閱讀，悅讀》（2017）以及《少年：悅讀書心》（2018），這些書寄託了學生們的美好願望和書展記憶。

這些書都有「閱讀」兩字。閱讀是一種能力。兒童閱讀在本質上是一種生活方式，讀書明智，明理，明德。這種生活方式的最大敵人就是功利主義，包括功利主義的人生觀，功利主義的應試教育。

形形色色的童書概括為三種：強調教育價值的、強調市場價值的和強調審美價值的。這三種童書形象地比喻為：藥、軟飲料、水果。一味強調教育價值的童書，帶有明確的目的性，比如讀某些書是為了提高作文水準，說到底，還是像吃藥。強調市場價值的童書，一味討好兒童口味，寫得淺顯熱鬧卻缺少內涵，這就像是可樂一類的軟飲料，口舌愉悅，卻充斥食品添加劑，營養價值可疑。強調審美價值的兒童文學佳作，就像是水果，有營養，但不是針對性地用以治病，吃它只是享受，在享受的同時，吸收營養，潛移默化地有健身作用，這正如審美作用的轉換，它可以轉換成某種教育效果，但那是審美沉澱後的自然結果，並非刻意為之。三種童書中，從長遠看，最有價值的還是「水果」類的具有審美價值的兒童文學作品，不要讓藥品和可樂類的書籍完全佔據童書市場。

看到那麼多人逛會展中心書展，就想問：往日，你還會與好友去書店逛上半天嗎？你一個人還會去圖書館泡一個下午嗎？你還會在公園裏捧本書啃個酣暢淋漓？這種傳統意義上的「深閱讀」，當下已經越來越少見了。閱讀，是屬於人類獨有的實踐活動，是構成重要精神活動的一種文化現象。德國思想家、作家歌德說過：「閱讀雖不能改變人生的長度，但可以改變人生的寬度和厚度。」樹立閱讀觀念，正確的閱讀觀的建立，是長期的事，需要全社會為之共同努力。在閱讀中成長，在閱讀中走向社會，在閱讀中塑造自我生命。正是「一切知，俱於黎明中甦醒」，閱讀帶給人們的就是心靈的黎明。

閱讀史是個人史：你讀些什麼書？

在澳門回歸 20 周年之前 6 天，去澳門媽閣斜巷的候任特首辦獨家專訪賀一誠。問他最近在讀什麼書，他答，「在看關於區塊鏈的書，這一塊內容之前沒有學過，比較陌生，要好好鑽研一下，國家正在發展區塊鏈，如果澳門未來也需要在這方面作出貢獻，就需要補充這方面的知識」。

對交往不多、還不是很熟悉的的名人作專訪，常常會問他或她最近在讀什麼書。可以說，閱讀行為跟個人的生活經歷、修養及性格往往有密切關係。閱讀史就是個人史。閱讀既是帶有公共性質的行為，也是個人化的蘊含私密性的行為，因此，常常有名人不願意回答自己在讀什麼書，總以笑一笑搪塞過去而轉化話題，或許他根本就不讀書，或許他真的是覺得這是個人隱私問題。

書籍是人們認識世界最好的途徑，各種各樣的書籍讓讀者們難以抉擇。到了歲末年初，各家傳媒各大機構，紛紛推出閱讀排行榜、暢銷書排行榜。中國圖書網頒布 2019 年最新暢銷書、熱銷書、網友推薦必讀 10 本書、經典書排行榜；名人馬雲推薦年青人看的 10 本書；2019 當當圖書排行榜；社會科學文獻出版社推出

2019年度閱讀10大好書……

記得北京大學教授洪子誠說過，一個人的閱讀史就是生命史，就是成長史。閱讀史是對書籍的理解、解析、體驗、評介的歷史，是社會發展變遷的歷史。在一代人的回憶裏，有過一個全民讀書的黃金時代。經過十年「文革」的讀書禁錮，人們長期壓抑的讀書熱情瞬息爆發。上世紀七十年代末、八十年代初，那可真是「書荒」的年代，卻是瘋狂的閱讀年代：文學一統天下，文學成了閱讀代名詞，見面自我介紹「我是文學愛好者」，便會一下子拉近距離。當年的閱讀事件至今難忘，1978年5月國家出版局重印35種中外文學名著，一次投放市場1,500萬冊，竟然瘋狂搶購，瞬間告罄。

這情景，今人是難以想像的。在知識青年農場油燈下，偷偷閱讀托爾斯泰的《戰爭與和平》；張揚的小說《第二次握手》手抄本，油印裝訂成冊而排隊傳閱都被翻爛了……自1979年《讀書》雜誌創刊提出「讀書無禁區」口號後，多次加入書店門口通宵排隊購買塵封已久中外名著的讀者隊伍；購買心儀已久的新版《紅樓夢》等四大名著是託同學父親才買到的；沉浸在上世紀八十年代末期呈現的「瓊瑤熱」、「武俠熱」常常樂而忘返……

國人愛讀什麼書，人們都能想象，美國人愛讀什麼書，或許你難以想象。美國非營利性組織「公開課綱項目」（OSP），是一個以收集英語國家課程大綱及圖書館書籍閱讀信息為主的網絡數據庫。在 OSP 項目網站的一份總榜上，借閱量 1 萬多而居榜首的是小威廉・斯特倫克的《寫作風格的要素》，進入前 10 名的書籍還包括柏拉圖的《理想國》、馬克思與恩格斯的《共產黨宣言》等。在與中國相關的書籍排行榜中，大多數是練習聽讀寫的中文教科書和外國人撰寫的有關中國題材的書，前 10 名中僅有一本「真正中國名著」，即排名第九的《論語》。

有一次與已故文化大師李敖聊女人話題，他說他不喜歡愛讀書的女人，其實這也只是他戲言調侃而已，讀書最多的陳文茜卻是他幾十年分不開的好友。正如作家畢淑敏所言：書不是胭脂，卻會使女人心顏常駐；書不是棍棒，卻會使女人鏗鏘有力；書不是羽毛，卻會使女人飛翔。其實，何止女人？愛讀書的男人女人都一樣。

鄉村兒童閱讀什麼書？

人人都在自問：剛過去的一年，做過什麼有意思的事？細想，「有意思」的事是三次隨香港扶貧團隊去採訪扶貧：四川、廣西、貴州。在四川省巴中，國家級貧困縣南江縣，與43歲「童伴媽媽」張蓉聊過「有意思」的話題：鄉村兒童閱讀。

秋雨霏霏，山路崎嶇，驅車一個多小時，直赴海拔千米的下兩鎮碓盤村，步入「童伴之家」。隨着經濟發展，農村進城務工人員增多，農村留守兒童成為社會關注焦點：誰來陪伴留守兒童。張蓉在城裏經商賺了錢，返回家鄉創建全托式「留守兒童之家」，10多年來義務照顧留守兒童800多名，助力100多個家庭脫貧，她榮獲「全國優秀童伴媽媽」、「馬雲鄉村教師獎」等榮譽。4年前，張蓉被當地聘為碓盤村兼職「童伴媽媽」，這個「童伴計劃」是巴中扶貧項目，是留守兒童的監護網絡。

書店和圖書館資源都集中在城市，鄉村兒童閱讀存在的問題，首先是圖書資源匱乏，家庭購買力不足。曾有一項與農村閱讀有關的調查報告。中國扶貧基金會發布的中西部貧困地區鄉村兒童閱讀報告顯示，貧困地區兒童課外閱讀資源整體匱乏，農村兒童一年閱讀的課外讀物不足 10 本的達 74%，農村兒童一年讀不到 3 本書達 36%，農村家庭藏書不足 10 本的達 71%，家裏沒有一本課外讀物的農村兒童佔 20%。中國童書博覽會發布過《中國城市兒童閱讀調查報告》，報告稱在北京、上海、廣州等 7 大城市，兒童年均閱讀量在 10 本以上的佔 64.2%，每年為孩子購買 10 本左右課外讀物的家庭佔 62.9%。這就是城鄉差別。

與城市同齡兒童相比，農村兒童的閱讀資源緊缺是不爭事實。鄉鎮沒有書店，學生接觸到課外書的機會相對少，由於貧困和家境等因素，農村孩子很難從網上購書，無書可讀曾經是制約山村兒童閱讀的瓶頸。不過，張蓉很明確地說，這幾年上上下下「脫貧攻堅」，為鄉村小學捐贈一些圖書，捐建一座圖書室，幾乎是所有關注鄉村閱讀的人的首要行動，從目前看，各地山村的圖書室和圖書數量已不是迫切問題，不是無書可讀，而是讀什麼書。

確實，從四川、廣西、貴州的貧困地區看，一些捐到農村的書品質參差不齊，以舊書捐贈為主，可讀性不高，不適合孩子讀的書相當普遍。過去拼音讀物在很長一段時間內都是幼兒童閱讀「主力」。不過，當下繪本正受到更多小讀者青睞，這種被視為「又貴又沒有幾頁」的圖畫書是「新寵」，成了拼音讀物「替代品」。

在下兩鎮碓盤村的「童伴之家」，就看到兩個孩子拿着《公主怎麼挖鼻屎》、《菲菲生氣了——非常、非常的生氣》繪本書閱讀。相較於拼音讀物，孩子對繪本往往更有興趣。對張蓉那句話印象深刻：孩子拿着一本書一旦有讀語文書的感覺，那就不妥了，要注重孩子從閱讀中獲得趣味。現在很多鄉村已不再接受舊書捐贈，只接受援助資金，由自己來選購適合學生的高品質新書。現在配書的規則大致是繪本佔 35%，教師用書 5%，文學類 15%，此外還有科普、漫畫……

跨進 2020 年，中南海的「脫貧攻堅」到了全面收官的關鍵階段：確保農村貧困人口實現脫貧，確保貧困縣全部脫貧摘帽。鄉村脫貧，孩子的閱讀是一個避不過去的話題。「閱讀」既涉及有沒有書讀，也涉及「讀什麼」，即如何選書；還涉及「怎麼讀」，即閱讀的方法，那是另一個話題了。

「愛書如命」：好書是有生命的

老友葉永烈病逝，這位「小靈通之父」，是「一代人心中科幻夢的啟蒙者」，他自稱「舊聞記者」，卻是「黨史文學」創立者。他是個「愛書如命」的人。兩年前的6月，他聯絡我一起做一件事。我倆的一位共同朋友，長住上海，卻是香港的一位書商。10多年來出版了一大批頗有價值的圖書，在內地卻大多是「禁書」。這些書長期堆放在香港的倉庫裏，有庫存費用的壓力，問我能不能乘7月香港書展，免費贈送給讀者，否則就會化作紙漿了，再三囑我想盡辦法，「救救這些好書，讓他們活下去」。

葉永烈一連多日微信我商榷此事。他給了我一份庫存書的部分書目和數目，有：《走向毀滅——文化部長于會泳傳》600冊；《崢嶸歲月：工人造反派回憶錄》300冊；《我是特嫌——李普自述》280冊；《毛澤東的心理分析》300冊；《江青畫傳》400冊；《晚年周揚》（顧驤）260冊；《陳永貴——毛澤東的農民》（吳思）200冊；《九死一生——我的右派歷史》（戴煌）160冊；《軍報內部消息》（盧弘）250冊；《四人幫興亡》（葉永烈）400冊；《我的罪名——蔣介石的乾兒子》330 冊……

書單有 40 多種。記得，我當時跟他說，自「銅鑼灣書店」事件後，這類政治書「命運險惡」，距離香港書展不到一個月，難以再策劃閱讀和贈書活動，不如等書展過後的秋天，學校開學了，再策劃舉辦活動。他說「好，一定不能讓這些書化作紙漿」，「好書是有生命的」。不過，到了秋天，他患病了，這事就一拖而沒有了下文。

葉永烈確實「愛書如命」，每次看見他送朋友新書，他都會用紙和膠袋包妥放在包裹，是為了友人，也為了書籍，耽心玷污書本。去他家，喜歡登上他家頂樓上那個游泳池改建的藏書室。葉永烈的工作室在二樓，僅 10 來平方米。但屋頂那間，40 平方米泳池玻璃屋，抬頭可望藍天，白雲在玻璃外飄過，玻璃屋的四周仍是游泳池的牆，2 米來高，藏書 5 萬餘冊，比人高的書櫥排列着，泡在藏書室像泡在泳池般。

說起「愛書如命」，視書為命根子，當數魯迅了。幼年時期的魯迅，看書前總會把手洗乾淨了，才捧書閱讀，以免把書弄髒。成年後，魯迅把讀書、買書、借書、抄書、修書，作為一種樂趣。對稀有的好書，他就親自動手翻印，裝訂成冊。在他書房，有一盒修書工具，那是一些簡單的劃線儀制器，幾根鋼針，一團絲線，幾塊砂紙以及兩塊磨書用的石頭。魯迅就是這樣令他珍藏的

1萬多冊圖書，沒有一冊污損破散。

被人譽為「博學鴻儒」、「文化昆侖」的錢鍾書，原名仰先，字哲良，後來，他剛滿周歲「抓周」，抓到一本書，因而改名為鍾書，曾用筆名中書君，這名字一改，便與書結下不解之緣，一輩子嗜書如命。有一年，香港書展「名作家講座系列」邀請明星劉曉慶來講座，這位中國作家協會會員剛出了新書，當時有輿論質疑，她怎麼是「作家」？重慶作協名譽主席黃濟人為她作了辯護，說劉曉慶是個愛書的人，「我曾將我的一套文集送給她，因為害怕郵寄會損壞書，20斤重的書，她非要自己手提帶回去。如此愛書，很是難得」。

讀書人多不勝數，但真正愛書如命者，不多。記得，葉永烈說過，愛書如命至少需要有三個條件：愛讀書，愛買書，愛惜書。他說，擇一事，終一生，人生很短，只能做好一件事，那就愛書吧。

「夜間書店」提升城市精神氣質

北京西花市大街，新華書店花市書店，深夜第一次亮出「24 小時書店」的招牌。10 月 1 日零時，近 70 年歷史的北京市新華書店，迎來首家 24 小時書店開張的時刻。這是北京第三家 24 小時書店，前兩家是三聯韜奮 24 小時書店、中國書店雁翅樓 24 小時書店。

這家新華書店 24 小時書店有 1,300 平方米，書店整體沒有重新裝修，只是店內細微之處悄然變了樣，更換成 LED 節能燈，增強了亮度，更換了 50 個書架，新製作 200 個圖書分類標識，淘汰幾千個滯銷品種，圖書品種 6 萬種，給讀者提供一個百平方米休閒區域。夜間書店不是簡單將營業時間延長，書店利用休閒空間，舉辦英語派對、新書沙龍、讀書會、放映電影等。

「夜間書店」，「深夜書房」，「住在書店」……在中國內地，書店運營至午夜已不是新鮮事，幾乎每座大中城市都有多家書店延長營業至深夜，甚至 24 小時，「為熱愛閱讀的人留盞燈」，舉辦「午夜文學」、「午夜視覺」、「午夜行走」等主題文化活動，隨時可見埋首書海的年輕人徜徉在閱讀之中；抱着吉他的流浪歌手吟唱屬於自己的歌；拖着行李的旅人信步徜徉……

這是「夜間經濟」的一部分。「夜間經濟」彷彿一夜之間成了當下時髦概念。許多城市相繼出台促進夜間經濟發展的種種舉措，這種勢頭由一二線城市向三四線城市輻射。國家商務部的統計資料表明，2018 年中國「夜間經濟」市場規模達 228,592 億元人民幣，同比增長 11.5%。預測，2022 年全國夜間經濟規模將達 42 萬億元。六成的消費發生在夜間，大型商場每天 18 時至 22 時的銷售額佔比超過全天的一半。可以說，夜間是消費的「黃金時段」。另據北京統計局的調查顯示，「夜間經濟」對 40 歲以下的人吸引力較強，是以餐飲、購物、旅遊、娛樂、學習、影視等為主要形式的現代消費經濟。

「夜間經濟」無疑是中國經濟社會不斷發展的一面鏡子。一座城市有沒有文化內涵，不是看它夜晚的娛樂消費多麼前衛時尚，而更應該關注文化消費在夜生活中的分量。「夜間書店」讓年輕人的「夜生活」多了一種選擇，為讀者營造一種具有人文關懷和詩意之美的閱讀體驗空間。「夜間書店」能促使人們養成良好閱讀習慣，從而提升一座城市的精神氣質。讀者需要一個相對安靜的環境，在這種「夜間書店」氛圍薰陶下，會有越來越多的人把閱讀作為常態化生活方式。

書店，作為連結的符號和實體，是人和城市精神的延伸。文化空間是實體的媒介，更是精神的瞭望塔。提起書店，常會想起被譽為巴黎文化地標的莎士比亞書店。有書店的地方總有故事。近年很多與書店相關的圖書都是暢銷書，《查令十字街 84 號》、《小小巴黎書店》、《島上書店》、《夜鶯書店》……人們喜歡這些或紀實或虛構的書店故事，在於從中能讀到真實靈魂，發現一種與浮躁生活截然不同的生存方式。

中國的夜間書店要聚集人氣。4 個月前的 7 月 6 日，第 3 屆亞洲書店論壇在西安高新區舉辦。此次論壇探討書店與城市連結，關注書店的媒介延伸與未來形態，書與夜晚的結合，就是其中一大話題。「夜間書店」雖然尚是剛剛起步，不過，有些城市已經出現紮堆「深夜經營」的現象，當這股新鮮感漸漸遠去，又有多少「深夜書店」尚能堅持多久？

中國科幻文學「出海」了嗎？

中國科幻文學「出海」，是中國科幻文學輸出海外的一個形象說法。科幻文學發展是當下中國文壇熱話題。7月香港書展第30屆，主題是「從香港閱讀世界——疑真疑幻 ·幻夢成真」，主打科幻題材，也是蹭了熱點。書展僅「名作家講座系列」，就有倪匡談衛斯理系列少年版，7套小說，經典故事，全新演繹；有兩岸三地著名科幻文學作家譚劍、尹格言、韓松對談……

說「出海」，中國科幻文學「出海」的先驅當數鄭文光。他生於越南海防，祖籍廣東中山。2019年是他冥誕90周年。他以《火星建設者》獲1957年莫斯科世界青年聯歡會大獎。他被譽為「中國科幻文學之父」，與蕭建亨、童恩正、葉永烈、劉興詩合稱為中國科幻文學五大家。改革開放後，中國科幻文學才開始受文壇內外關注，1997年科幻小說的繁榮期到來，2006年，劉慈欣重要作品《三體》開始在《科幻世界》連載，一個新時代開始。這之後，一些中國科幻作家被邀請訪問各國文學節，也陸續有作品被翻譯到西方去。

只有葉永烈的《小靈通漫遊未來》，尚算得上能體現科幻文學影響力的作品。這本寫於1961年、1978年才出版的科幻小說銷量高達300萬冊。這一紀錄在30多年間從未被打破。進入新世紀之初，隨着穿越、奇幻、玄幻等類型興起，科幻一度被擠到邊緣，科幻小說也多半被歸為科普讀物。如此看來，即便近幾年中國科幻似乎一夜之間火了，但要說能產生世界性經典為時尚早，而大眾熟知的中國科幻小說也似乎只有《三體》。相比西方科幻文學幾十年如火如荼的發展，中國科幻無疑還有很大的提升空間。

從小說到電影，從國內到國際，從地球到宇宙，從現實到科幻，從《三體》出版，到劉慈欣、郝景芳相繼獲得「雨果獎」，再到《流浪地球》刷新票房紀錄，中國科幻在近年收穫了前所未有的熱度和關注，甚至在全球產生影響，開啟「中國式科幻」新紀元。想像不可想像的世界，並以文字的形式再現它，讓萬千讀者相信它理解它，這是科幻小說的使命，也是科幻小說中世界建構的藝術價值所在。

用評論家嚴峰的觀點看，新世紀以來的中國科幻可分為三個時期：首先是「後《三體》時期」，《三體》出版是中國科幻史上具有決定性的事件，讓科幻愛好者士氣大振；「後雨果獎時期」，讓科幻文學向整個社會輻射泛化；「後《流浪地球》時期」，則是一個爆炸，不是文學事件，而是完全變成社會事件、文化事件，輻射的空間巨大，一部科幻片完成了一次大爆炸。

從科幻文學理應具備的科學維度、幻想維度、文學維度這三個維度來衡量，現在很多科幻文學作品嚴謹看尚貼不上這一標籤的。韓松就說過，科幻文學作為舶來品，在本土化過程中打上強烈的中國色彩和中國烙印，電影《流浪地球》所體現的集體主義、家庭觀念等，讓西方感到既震驚又陌生。中國科幻探討的議題，諸如機器與人類的博弈、環境生態危機、能源危機，太空探索等等，同樣也是全人類共同面臨的重大議題，由此，中國科幻迅速成為世界性話題。

人們越依賴科學、越相信科學，也就會對科學越抱有敬畏，也就越需要超越科學的視野，需要人文的關懷，人類需要科幻，需要中國科幻，需要「有科技、有感情」的中國科幻。正如劉慈欣所言，中國人拍科幻片，缺技術、資金、經驗，但最缺的是科幻的情懷。

文學遇見大灣區

今天的香港已經很少有人反對「港珠澳大橋」了。當年曾聲嘶力竭反對建造大橋的議員，如今還興致勃勃組團上大橋。不過，假如今天要推出這座大橋的建造，估計又會觸發「勇武」示威，凡與內地有關的話題，很難避過反對聲。這座總長 55 公里的港珠澳大橋，被視為國際橋樑界的珠穆朗瑪峰，被稱為「現代世界的七大奇跡之一」。大橋是粵港澳三地首次合作共建的超大型跨海交通工程，經歷 14 年論證、設計、施工，投資千億元人民幣，被譽為世紀工程。

10 個月前，大橋通車；10 個月後的今天，人們提出再造一座文學上的「港珠澳大橋」。這是一個大膽的文學想像，大灣區文學的提出是頗有創造力、當代性的概念的。這次建「橋」的材料，用的不是水泥和鋼筋，而是用文學和文化，就是說這是一座建立在精神空間的大橋，它的意義和價值不亞於建立在物理空間中的港珠澳大橋。一個互聯互通的社會是一個更高效率的社會，灣區社會是互聯互通的，今天這在經濟上沒有問題，但是在文化上需要探索。港珠澳大橋連接起一個嶄新的經濟實體——大灣區，今天建造的文化大橋連接的是新的文化實體——大灣區文學，這是一個新的文學形態。

如果不藉助文化的書寫與復興，大灣區作為一個全新的空間，也許無法得到充分的落實和呈現。大灣區作為一個全新空間的概念，不應該僅僅是一個經濟體和國家行政規劃的結果，更應該是現代空間的一個重新開啟。

大灣區文學究竟應該有怎樣的內涵和外延？剛結束的香港書展，「名作家講座系列」有一場《文學遇見大灣區》講座，香港的許子東、周潔茹，廣東的丘樹宏、謝有順，澳門的吳志良，在講座上就此作了探討。這之前半個月，廣州舉行了一場「粵港澳文學發展峰會」，「粵港澳大灣區文學聯盟」也隨之成立。這是一個好的開始。

粵港澳大灣區重新構建文學體系，需要挖掘與拓展大灣區的文脈，找到它的精神譜系，不同的文化在這裏激蕩、生長和融合，這種空間的轉移、身份的轉移，以及家庭的融入中，人們的歡欣與苦痛、奮鬥與掙扎、卑微與自尊等，形成一個可書寫的龐大的文學群體。

粵港澳大灣區文學有開放性和相容性的特點。大灣區文學是一個整體概念，但又不是傳統意義上的整體，是由多個文化個體組合起來的文化共同體，所謂文化共同體意味着每一個文化個體在這共同體中都具有平等的地位，相互之間是一種對話的關係，而不是以某一個文化個體為中心，形成主次的關係，因此大灣區文學要吸收各方的優勢和長處，同時也要尊重各方的規則和習俗。

粵港澳大灣區世界級城市群，由 9+2 城市組成。新的城市空間的建構形成新的心理意識。尤其是港澳元素的介入，新的多元性的空間交換對文學觀念和文學感覺方式的影響都將是積極有效的。在城市空間裏，多樣性的空間活動對生活打開無限想像空間。尤其是網絡，構成了大灣區城市文學新的維度，新感覺、新語言和新文體的生成。大灣區以新的流動人群為基礎，必然也是多種語言的混雜，這對新的文學感覺，甚至到新的文體生成都可積極預期。

儘管在粵港澳大灣區之前，世界上已經有了好幾處著名的灣區經濟，但還沒有一個灣區生發出新的文學來。我們有文化眼光，灣區有文化特長，由此，應該在想像上做足文章。

南江紅葉和「氣象顏色」

剛從四川省巴中市南江縣考察扶貧歸來，那天首度登上光霧山。「巴山一夜風，木葉映天紅；色比桃花艷，秋如春意濃」。光霧山迎來一片萬山紅遍的美景。早就聽說，這裏的紅葉是「運動」的，它藏匿於光霧之中，時隱時現，太陽出來，驅趕了霧氣，在光與影的效果中，各種色彩暴露無遺，先後從山頂奔瀉而下。

一輪又一輪的降雨之後，光霧山一秒入冬。紅葉是光霧山景區的一大獨特生態景觀。光霧山楓葉 11 月最紅，最佳觀賞時間在 10 月中旬起的一個半月，初秋看紅葉五彩斑斕，仲秋看紅葉層林盡染，深秋看紅葉萬葉飄丹。金秋時節，便呈現紅、橙、黃、綠等 10 多種色彩，染盡千山萬壑、浸透溪流瀑潭。

光霧山位於米倉山腹心，川陝交界處，地處成都、重慶、西安三大城市幾何中心，是中國南北氣候分界線，冷暖氣候交匯處，被稱為「南方的北方，北方的南方」，幅員 830 平方公里，以奇特的嶺脊峰叢地貌、本璞的原生態植被、迷人的瀑潭秀水、秀麗的峽谷風光和絢麗的季相景觀為特色。

讓人驚艷的光霧山，雖享譽「亞洲最長的天然紅地毯」、「中國紅葉之鄉」的美譽。它的美至今仍未盛名遠揚。在被稱為「天然畫廊」的景點，彎行在這幅中國畫的腹部，行走在畫裏欣賞畫，殊不知自己本身也是畫的一部分，完全迷失了自己，感覺紅黃藍綠各種顏色紛紛蝶變而從身邊滑過。白天，紅葉渲染的光霧山如詩如畫；夜色下的光霧仙境更如夢如幻，那晚欣賞了全國首部大型行浸式山水夜遊《夢境光霧山》的演出。

「霜葉紅於二月花」，時序進入霜降節氣。一周前，中國天氣網公布最新的「全國紅葉觀賞地圖」。各地的楓樹、黃櫨樹等，即開始為滿山遍野染上紅黃色，如火似錦，頗為壯觀。最新的「紅葉觀賞地圖」，用紅色的「漫山紅遍」、橘色的「漸入佳境」，以及綠色的「層林未染」三者，標明各主要紅葉景區的觀賞指數，通遼科左後旗烏旦塔拉、哈爾濱太陽島、牡丹江鏡泊湖、渭南少華山等地已呈現「漫山紅遍」；北京八達嶺國家森林公園、遼寧本溪關門山及四川樂山峨眉山等地，紅葉變色「漸入佳境」；至於南京棲霞山、蘇州天平山等地則是「層林未染」，紅葉最佳觀賞期得再多等半個多月。

北京推出 16 個「賞紅」景區，把市區的地壇、月壇公園，郊區的北宮國家森林公園，以及長城腳下八達嶺國家森林公園等，各區具有網紅潛力的「紅色」景點一網打盡，形成北京城的「紅葉連線」，讓來自全國各地的遊客得以按圖索驥。山東濟南、陝西黎坪國家森林公園、遼寧本溪等地的紅葉節和楓葉節，也紛紛應景登場，帶動山區村民就業、增加收入，逐漸形成生態效益、社會效益雙贏的「紅葉經濟」……

全民旅遊日益火爆，儼然成為一種新的民生。這幾天，很多人都對看紅葉心心念念，但地域遼闊，南北氣候差異明顯，紅葉最佳觀賞期就那麼一周半月，去早了，葉未變紅；去晚了，葉子落了。隨着秋意漸濃，各種花式紅葉觀賞期預報地圖紛紛出爐。曾聽一位氣象學者說，紅葉預報背後有不少知識點，一些地方的專業氣象台製作發布紅葉氣象指數預報，給傳統氣象服務增添一抹靚麗「氣象服務顏色」。紅葉氣象指數不僅關乎植物的生長變化情況，還關乎氣溫、風力、降水等氣象情報，堪稱氣象變化的一個晴雨表。

文化讓夜間經濟留住人

銅鑼灣夜市商業街，香港地夜市美食街，這裏可不是香港。這裏是江西省南昌市。

9 月底開街的南昌銅鑼灣夜市商業街，集美食體驗、休閒娛樂、文化內涵、潮玩健身的獨特夜市街區，由銅鑼灣購物中心外廣場創意餐車市集、文創市集、街頭籃球區和購物中心內網紅餐飲組合而成。這是紅谷灘新區構建的首條夜間經濟示範街區。經開區的香港地夜市美食街，洋溢濃鬱的港式氛圍，五彩繽紛的霓虹燈，給美食街平添一抹絢麗色彩。在南昌 699 生活空間夜市裏，市民們圍坐一圈觀看露天電影。這是南昌頗具文藝範的一個夜市，每周五有露天老電影放映，周六有「百姓大舞台」才藝大賽，是市民和遊客品美食、賞美景的打卡勝地。短短半年，南昌就新增了 10 處夜市。

「點亮一座城，帶動一片天」。中國內地新近熱衷提倡「夜間經濟」。發展夜間經濟，是提升經濟活力、拉動內需、保持增長的重要標誌。夜間經濟涉及購物、餐飲、旅遊、影視、讀書、健身、娛樂、休閒等領域。夜間經濟是廿世紀七十年代英國提出的經濟學名詞，當時是為改善城市中心區夜晚空巢現象而提倡的，特指人們從當日下午6時到次日早上6時的活動。夜間經濟不只是縱慾式狂歡、無休止消費，應該有各種文化消費活動滿足不同人群需求，如今佔據半壁江山的，是影視、歌舞、讀書等文化娛樂活動。

在2019年北京兩會上，「繁榮夜間經濟」被寫進了北京政府工作報告。北京提出在簋街、合生匯、食寶街等「夜京城」商圈和生活圈等區域的13項措施，為夜間經濟設定三級目標：面向遊客的4個夜京城「地標」；在藍色港灣、世貿天階等多地營造夜京城「商圈」；將夜京城「生活圈」定位於居民密集的區域，助力城市文化、市民文化發展。除了北京市計劃重磅構建「夜京城」外，上海、天津、成都、濟南等多個城市管理部門都籌劃推動夜間經濟發展。

文娛產業作為文化消費一個重要的層面，始終跟吃喝遊購娛結合在一起，與夜間經濟相關的文化部門也注意到這一點。除了展覽，上海博物館還推出了各種文創咖啡、精緻點心，促進一系列消費行為。上海國泰電影院在推出「跨零點影院」模式的同時，推出夜間電影主題書吧、音樂茶座，延展電影消費內涵。各地「點亮」夜間經濟，主因在於文化消費意識提升，不僅僅關注生存需求，更注重精神層面的滿足。

夜幕降臨，華燈初上。你是去擼串的大排檔，去聯機打遊戲的網吧？時尚達人會說你「沒文化」。如今最時尚的，是下班後去夜間開放的博物館看展覽，是在24 小時書店的明燈下暢游文學海洋，是呼朋引伴刷個電影大片的零點場……在日益火紅的夜間經濟大戲裏，吃喝玩樂不稀罕，有文化是夜間經濟的前提。

發展夜間經濟，韓國是跑在前面的，著名夜市集中於首爾、釜山、大邱三城，各地意識到賦予個性化「文化概念」十分重要。汝矣島夜市主打「邊看漢江，邊品美食」的「漢江一夜行」；東大門設計廣場側重聚合青年藝術家，搞商品創意設計、時裝秀等，猶如「潮文化市場」；規模小得多的首爾盤浦夜市則讓人們置身於美麗月色下，欣賞曼妙音樂，讓身心放鬆的「浪漫夜市」……正是透過景觀與文化、特色化商品及完善運營體系，讓夜市升級為韓國全新的城市品牌。

歸根結底，唯有文化能讓夜間經濟留得住人。

中國紀錄片受眾年齡在下沉

梁鴻告訴我，她的第二部長篇小說《四象》快出版了。這位中國人民大學文學院教授致力於鄉土文學與鄉土中國關係研究。她說，她參與的影片《一直游到海水變藍》即將上映了。

她參與了一部影片的創作？最初，我不是太理解。事後才知道這是一部文學紀錄片，由著名導演賈樟柯執導。幾個月前，這部影片的公映雖遙遙無期，但網絡上年青影迷們卻早已翹首以待而紛紛留言。在平遙國際電影展開幕式上，賈導宣布他執導的新作《一個村莊的文學》更名為《一直游到海水變藍》，這是影展「平遙期待」環節，這一環節入選的影片，「代表現階段世界電影新思路」。

剛過去的 12 月 26 日，賈樟柯在微博上說，《一直游到海水變藍》講述 1949 年以來的中國往事。出生於上世紀五十、六十和七十年代的三位作家賈平凹、余華、梁鴻，成為影片最重要的敘述者，重新注視社會變遷中的個人與家庭，一幕幕動容回憶，令影片成為跨度長達 70 年的心靈史。都說，「一個國家沒有紀錄片，就像一個家庭沒有相冊」，「記錄新時代」是一種國家使命。

8年前，中央廣播電視總台推出的《舌尖上的中國》火爆，迅即圈粉近億，以活潑影像說故事的紀錄片成為全民話題，紀錄片「年輕化」特點凸顯，到2016年《我在故宮修文物》被B站（嗶哩嗶哩網站簡稱）「二次元」群體「重新發掘」。由此，中國紀錄片掀起一波創作熱潮，《人生一串》等如雨後春筍般湧現，在創作上呈現人本取向，影音網站等新媒體推波助瀾，觀眾層快速年輕化。4年前2月末，空氣污染公益調查紀錄片《柴靜調查：穹頂之下》，在優酷網上映這一天，觀賞人次已超3,000萬、評論逾50,000條。不過，5天後該片卻遭當局列為禁片。當時年青人群中，說自己沒觀賞過這部片子，便被視為「落伍」。

前不久，在廣州舉行的中國國際紀錄片節，發布《2019年中國紀錄片發展研究報告藍皮書》。報告強調，這個紀錄片潛力巨大的用戶市場，促使新媒體平台在紀錄片領域加大投入，為年輕用戶定制內容，成為新媒體平台入局上游製造方的重要目的，「一份招股書顯示，其82%的用戶生於1990至2009年之間，為吸引年輕用戶，騰訊視頻2019年推出《風味人間2》、《決勝！無人機》等紀錄片，緊扣當下年輕一代有較好的審美基礎和對世界充滿好奇的特點」。

周兵是中國紀錄片著名導演，當年他拍攝的紀錄片

《台北故宮》，打動觀眾的是鏡頭傳遞的深深情感。我曾受邀參與他導演的紀錄片《下南洋》創作，帶有歷史濃味的紀錄片如何吸引年青觀眾，始終是他思考的突破點。他說，《台北故宮》能受觀眾如此厚愛，「我想這主要是因為現在『故宮』是個熱話題，至於讓小蟲作曲、找女聲春曉解說，讓周傑倫入鏡講述，是希望這些元素能增加紀錄片的時尚度，吸引更多年青觀眾，台北『故宮』也有它年輕時尚的一面，希望能給觀眾展示它年輕的一面」。

文博類題材紀錄片往往傳播受限，因其專業性特點，與其他紀錄片相較受眾屬於小眾。但在新媒體語境下跨屏互動，像《如果國寶會說話》等碎片化傳播的紀錄片，卻符合年輕人觀看習慣，助力紀錄片受眾年齡下沉。一些彈幕視頻網站，創新紀錄片觀看場景，增強年青用戶與紀錄片的黏性關係。在中國紀錄片產業的新舊動能轉換中，前景大有可為。

哪吒：我命由我不由天

正在暑期檔熱映的《哪吒之魔童降世》（下稱《哪吒》），你看過了嗎？先考一下，「哪吒」怎麼讀？問10個人，沒一個人完全準確。哪，讀ne，呢音；吒，讀zha，渣音。

一臉熊貓煙燻妝，眼窩處漫成一片，不太整齊的牙齒，再加上一臉壞壞的表情，亦正亦邪的個性，上映前就被中國網友封為「史上最醜哪吒」。別看這哪吒總給人一種誇張印象，卻點燃了國漫迷的熱情，時下成了「登頂」大明星。

《哪吒》7月26日上映，首日票房超過1億元人民幣（下同），翌日則逾2億元，成為大陸影史首部單日票房破2億元的動畫電影。截至31日，票房飆破12億元，超越2016年《西遊記之大聖歸來》的9.6億元，登上大陸原創動畫票房冠軍。8月2日，《哪吒》票房達17億元，超越迪士尼出品《瘋狂動物城》，位列中國影史動畫電影票房第一；8月4日，22億元了。哪吒，中國古代神話傳說人物，道教護法神。如今走出的這一大步，開拓了中國動畫無盡的想像空間。

《哪吒》花了2年編寫66版的劇本、3年製作，匯聚 60 多家製作團隊、1,600 多位製作人員參與。《哪吒》被視為「一個熊孩子成長蛻變的故事」。它沒有因循守舊，講述「反抗父權」的故事，而是賦予人物新性格。哪吒變成了有黑眼圈的小魔童，太乙真人不再仙氣飄飄……這一系列改編頗具新意，「魔童降世」乍看很暴力，講的卻是一個無比正能量的主題：扭轉命運、打破成見。

該片完整的情節、緊湊的節奏、豐滿的人物形象和巔峰的視覺效果，符合當代人的生活趣味。從《大聖歸來》到《白蛇緣起》，再到《哪吒》，國產動漫正　步步開啟新局面。40 多年前看過上海美影廠的《哪吒鬧海》，哪吒頭上梳着兩個髮髻，臂纏混天綾，勇敢而天真的形象深入人心。蛟龍抽筋、腳踏龍宮……這些已烙印在幾代人情感記憶中的經典瞬間，則主要來自《西遊記》和《封神演義》。影片說教既不過分，煽情也不尷尬。哪吒的形象既有「魔」的一面，更有「童」的一面。他彷彿是站在正的對立面出現的，卻又拼死維護正。他身上有股子氣。那股氣屬於厲鬼不能奪，利劍不能折，既浩蕩又響亮。

「最醜哪吒」在社群平台掀起一股模仿風，煙燻妝、用紅繩在頭頂兩側綁起的丸子頭、齊眉劉海，眉心的火紋花鈿等，成了孩子們「同款」效應。看《哪吒》，到底看什麼？每個人的觀影角度不同。中國神話，不能單純當童話故事來看。神仙妖怪那些事，其實都是人的事。難怪，網絡上正流傳北京中紀委國家監委網站的文章〈中紀委評《哪吒》：小小的陳塘關裏，也包羅着人生百態〉。這部影片火，連中紀委都拿來當現實教材了。

哪吒在片中喊出「我命由我不由天，是魔是仙，我自己說了算」的台詞，這是古老而經典話題，反而貼近現代觀眾的口味。哪吒這顆不認命的反骨魔丸的自我進化，對叛逆少年是一種慰藉，但這種正能量的勵志，卻從另一角度戳到成年人的無奈。願每一個哪吒，都可以做自己的英雄；願每一個魔童，都能遇上影片中那樣完美的父母。小時候經常聽大人講一句話：人各有命，上天注定。長大後才知道另外一句話：所謂命運，一半在天，一半在人。成年人的世界，沒有「認命」二字，有的只是倔強的靈魂和永不服輸的心。不認命，就是對命運最好的回擊。

「遠方」，
不是「在那流淌茅台的地方」

那一天，我讀了兩首詩，都是關於一位僅 43 斤重的女大學生的。

一首題為《遠方》。詩中寫道：「最後／我將回到雲貴高原／在貴州最高的屋脊／種上一片藍色的海洋／在那裏／會有一艘豐衣足食的小船／帶我駛向遠方」。作者是這位女大學生自己，叫吳花燕。

另一首題為《在那流淌茅台的地方……》。詩中寫道：「在那流淌茅台的地方／有一個 43 斤的大學生／她曾經夢想有一個名叫希望的奢侈品／她把原本可以用來治病的錢／拿去學了經濟／她想通過那門與錢有關的學科／知道錢為什麼躲着她／她想像許多小夥伴一樣／相信電視裏說的／知識可以改變命運……」作者是曾穎。

我讀詩的這一天，吳花燕死了，重病死的，從某種角度說是餓死的。

吳花燕，貴州省銅仁市松桃縣沙壩河鄉茅坪村炮爐山組人，貴州盛華置業學院大學三年級學生。2019 年 10 月，因省錢救弟，長期營養不良，她身患心源性水腫、腎源性水腫等多種疾病。她身高只有 1.35 米，體重 21.5 公斤，看媒體上的照片，她頭髮稀疏，眉毛掉了，骨瘦如柴。她的遭遇引發輿論愛心關注。2020 年 1 月 13 日，年僅 24 歲的吳花燕病逝。翌日，依她生前意願，遺體捐贈貴州一刻大學供教學研究用。在她生前的最後兩個月，社會捐助逾百萬，她的手術費完全沒問題，但手術做不了，醫院說這類心臟手術的病體需要養到 60 斤以上。

她未出生時爺爺去世，4 歲時母親去世，18 歲時父親去世，3 年前奶奶去世，她弟弟患有間歇性精神病。她從高中開始，姐弟倆每月靠 300 元人民幣的「低保」維持生活，每天僅有兩元錢的生活費，為了省錢，有時忍着餓不吃飯，用糟辣椒拌白米飯吃了 5 年，她穿過最貴的一件衣服是 100 元。熟悉她的人都說，生活在如此貧困的環境裏，卻滋養出一個高自尊的女孩，精神力量特別強大。

一個在底層拼力掙扎 24 年的堅強生命，死在 2020 這特殊的一年。這一年是國家全面脫貧而步入小康的一年，據說社會已全民醫保，據說各地醫藥費全面降價。就在吳花燕死的這一天，披露貴州前副省長、原省委常委王曉光涉嫌貪腐的案情。這一天，滿屏都是當代貴州省的兩個人的故事。一個姑娘窮得餓死，一個副省長貪腐上億元。

愛喝茅台酒的王曉光以權謀私，在家裏遭查獲整箱整箱的茅台酒多達數千瓶，為了銷贓，他把年份酒倒入家中衛生間的下水道，不敢求助外人，只能自己單幹，直到被查時，家裏還堆着 4,000 瓶茅台。我不知道瓊漿玉液的茅台年份酒一口值多少錢，能不能換來吳花燕的一頓簡單晚餐。茅台在這裏不是一種確指，而是一種象徵。

今天，有的人為吳花燕的死而流淚，有的人為她的死而反思。最新消息傳來，醫院聲稱，吳花燕或因為早老綜合症病故的結果，讓糾結於她或因營養不良早衰早逝的人，有了些許慰藉。吳花燕的遠方會有一艘豐衣足食的小船，在那裏不會挨餓，在那裏再無不公。

此時，我想起詩人海子 32 年前寫下的詩《遠方》，與吳花燕的詩篇同名，那是一首關於青春遠行的詩歌，也是一首關於青春尋夢的詩歌。詩人明知遠方「除了遙遠一無所有」，也深知遠方的風景「不可觸摸」，可他依然選擇了遠方。遠方是虛幻縹緲的一片荒原，也是令人嚮往的精神故鄉，浪子詩情，如怨如慕、如泣如訴……

香港成了謠言之城

北京外交部例行記者會。有記者問：香港特區政府將會在 8 月 4 日凌晨申請駐港部隊對香港實施戒嚴，對於這樣的傳言，中方有何回應？華春瑩一字一句答：你說這是傳言，我可以明確告訴你，這哪裏只是傳言，這根本就是謠言！用心非常險惡，就是想製造恐慌。

不是傳言，是謠言！這兩個月來，香港就是謠言之城。

他們都說「反送中」，誰說過要「送中」的？整個事件就是從謠言開始，造謠，信謠，傳謠，很多說法完全是污蔑、抹黑和誇大。所謂反修訂《逃犯條例》就是被謠言一步步推向高潮。關於修例的謠言原本就荒謬絕倫，反對派聲稱：條例一旦通過，任何港人，只要違法，不論輕重，毋須證據，就會被捕，送去內地審判。英文媒體大多基於這些謠言，上街遊行的人都信了這些謠言。倘從法律和專業角度去分析看透真相，就知道這些都是謊言。

7 月 27 日晚，在未經過香港警方批准許可的示威活動中，一群暴力示威者在元朗南邊砸壞一輛私家車，聲稱在車裏發現多根藤條，以及一頂「解放軍帽」，這一「消息」傳出，成批示威者隨即衝着「解放軍」出動響應。但從示威者公布的照片看，這頂他們口中所謂的「軍帽」令人噴飯，許多上了年紀的網友說，上次看到這樣的軍帽，自己還只是寶寶。這頂「軍帽」實則為中國 83 式武警的警帽，早已停用數十年，但就是因為有「解放軍帽」的謠言，鼓動一批示威者上街。原本以為這場鬧劇僅限於無知的香港「廢青」之間，孰料一些香港媒體不僅沒有澄清事實而以正視聽，竟然還依舊指鹿為馬，為謠言造勢，直指示威者在元朗搜出「解放軍帽」，挑撥內地與香港關係。

造謠，即透過個人想像，虛構事實，並透過各種途徑作出虛假信息散布。謠傳的結果若引起公眾恐慌，例如有人謠傳旺角有炸彈或者有地震，警方可能會介入調查。按香港法律：散播虛假消息，引起公眾恐慌，屬刑事罪行。干犯者有可能觸犯《公安條例》或《刑事罪行條例》第 161 條，一旦罪成，前者最高可判處 16 年監禁；後者則最高會被判 5 年監禁。

當下「假新聞」氾濫，不乏刻意竄改、捏造、誤導，旨在吸引公眾目光的假消息，謠言多是一些不屬於任何傳媒的社交網絡平台發布的所謂「消息」，加上許多網友轉發，結果大量不實消息大幅快捷散播，破壞力驚人，假消息漫天飛舞，讓社會矛盾已相當嚴重的香港加速分裂。香港出現謠言時，按例由政府主要權威部門或人士及時發聲，同時靠各種媒體及時追蹤澄清事實。日前，國家網信辦發布《互聯網信息服務嚴重失信主體信用信息管理辦法（徵求意見稿）》。根據徵求意見稿，對納入失信黑名單的互聯網信息服務提供者和使用者，將實施限制從事互聯網信息服務、網上行為限制、行業禁入等懲戒措施。香港是否能跟上立法立規的步子？

我曾經就是謠言受害者。10 年前，沈某女人一再散播謠言，誣說我是「中共黨員」，是「被派來打進香港傳媒的上海市政府重要官員」，是「中共特工五處處長」，我跟沈女強調，全是謠言。她在某個勢力操縱下，堅持在香港召開新聞發布會，我忍無可忍，自信記者幾十年就是要圖清白，於是告她誹謗，官司兩年，誹謗成立，判令她在報紙上公開道歉，並賠償 85 萬港元，這是香港法院的判決。我的案件也成了香港法院一特殊「案例」。

這幾個月，特區政府面對謠言四起，把握輿論顯得束手無策。有朋友說，政府部門擔心追查謠言反被扣上侵害新聞自由、言論自由的帽子；告造謠者誹謗，又怕上庭打官司，大家知道香港的大法官是怎麼回事。由此，謠言越來越囂張而成為社會最強催化劑。那些已造成重大影響的謠言製造者更有恃無恐。

8 月 6 日，網上傳出所謂「政府新聞處發稿，稱特首林鄭將休假 7 天」，香港「水深火熱」之中，特首怎麼會休假呢？無疑是有人別有用心造謠。翌日，政府發言人為此澄清，說「有關消息毫無根據」。既然是謠言，政府為什麼還稱「有關消息」？連「謠言」兩個字都沒使用。這幾個月看不到政府嚴懲謠言炮製者，看來，管治有改善空間。可以說，造謠者的危害勝過暴徒，當下亟需阻擊謠言，追查謠言，令造謠者付出代價。

是否組成獨立調查委員會成為時下熱議話題。可以成立啊，但一旦成立後應當把追查謠言選作首項任務。究竟是誰把修訂《逃犯條例》妖魔化了？果真如此，反對派還會堅持要成立獨立調查委員會嗎？

跟泛民主派玩數字遊戲

學文科的我，卻對數字敏感。職業寫新聞，常常會用實實在在的數字表述觀點。最近這些日子，有一個數字常常被人引用，那就是「13 萬」人，還有即將來到的 6 月 9 日的「30 萬」人。

這「13 萬」成了一個指標。被視為「香港民主之父」的資深大律師李柱銘說，「民陣第二次發起反對修訂《逃犯條例》遊行，有多達 13 萬人參與。然而署理特首張建宗竟指……」（5 月 7 日）。香港大學法律學院教授陳文敏說，「儘管有 13 萬人上街遊行，政府依然一意孤行」（5 月 8 日）。新民主同盟立法會議員范國威認為，「13 萬人上街代表民意，對修例的關注及憂慮」（5 月 22 日）……

立法會審議《2019 年逃犯及刑事事宜相互法律協助法例（修訂）條例草案》（即《逃犯條例》），民間人權陣線（民陣）於 2019 年 4 月 28 日發起第二次反修訂《逃犯條例》遊行，民陣宣布遊行人數達 13 萬人，而警方則稱高峰時段只有 22,000 人。民陣召集人岑子杰日前透露，有意在修例於立法會恢復二讀前，即 6 月 9 日，發起第三次大型反修例遊行，希望動員 30 萬人上街。這「30萬」，就是以「13萬」為基礎而作的預估。

那這「13萬」人數的依據何在？日前，我聽好友雷公作過一番分析。這位香港科技大學榮譽大學院士、科大經濟系前系主任雷鼎鳴教授說，計算遊行人數的關鍵是估計人龍有多長。從起點東角道到終點政府總部，共約3,000米，供遊行示威人士走的路寬10米。帶領龍頭的人共走了120分鐘，於5點半到達終點。當龍頭人到終點時，龍尾在哪裏？5點半這一刻的龍尾示威者要多走100分鐘才到終點。既然龍頭要走120分鐘才走完3,000米，那麼龍尾100分鐘約可走到2,500米，也就是說，龍頭與龍尾的距離應約2,500米，即5:30這一刻，示威人士佔有的總面積是2,500米乘以路寬10米，即25,000平方米。

雷公繼續說，這塊地可容納多少人？如果是13萬人，這便意味每一平方米要容納130,000÷25,000=5.2人。唯有人人都如沙甸魚般擠在一小型電梯中，這才勉強可能。示威時要行走，舞動手腳，從以往示威可見，平均一平方米一個人也會嫌擁擠，每平方米假設站一人已經是高估的，5.2人則是太離譜。如果每平方米一人，總人數便是25,000人，警方的數字明顯可靠得多。

雷公說，「我已查過一些資料，整條軒尼詩道才1.86公里長，計算中用的3公里大致準確。示威隊伍用一邊的路，3車道的規格是10米寬，軒尼詩道有部分3車道，有部分是2車道。我的估算不可能完全準確，但一定比民陣所說的13萬人接近事實得多」。每一次遊行示威，舉辦方和官方各說各話，所說的人數相差特大，媒體和一些政治人物卻喜歡引用毫無根據的主辦方聲稱的數字。現在有了無人飛機，其實人們可直接在空中點算人頭，把不同地段的人頭密度抽樣數一數，便不難推算出結果。

過去十多年來，反對派一直試圖用「遊行人數」代表「主流民意」。以2013年「元旦遊行」為例，民陣當時稱人數有13萬，警方數字則是2.6萬。2003年七一遊行，依然是民陣籌辦，主要是反對《基本法》第23條立法，主辦機構說50萬人參加遊行。民陣主張，16年後的今天，只要遊行人數達30萬，就有望阻止通過《逃犯條例》修訂。其實，當年50萬人上街的背景是經濟衰退，社會不安，樓價暴跌，怨氣頗重，市民負資產後紛紛對政府不滿，並非都衝着23條立法，相當一部分是為了「倒董（時任特首董建華）」。純粹為反23條立法而上街的人確實不少，但不是50萬人。何況，當年政府最終終止立法程序，主要是法案表決前，自由黨和工商界一些議員突然「倒戈」而改變立場所致。

泛民主派在玩「數字遊戲」。據玩數字遊戲的朋友說，《2048》、《數字10》、《數字消除》、《數字解密》等都是經典的數字遊戲，在App商店可以下載。「數字遊戲」又稱第九藝術，相對於傳統遊戲，別具跨媒介特性。這裏，我們不妨也穿越時空，跨越領域，看看其他一些數字。

——個多月前，一年一度的維園年宵市場，多個泛民政黨都藉此吸金，籌款數字明顯較上一年下跌。香港眾志籌得 48 萬港元，較上一年大跌四成；支聯會排第二位，籌得 35 萬港元，下跌 7%……能不能說，泛民主派在市民心目中的份量，出現走下坡的趨勢？

——4 月中旬，香港「護港安全撐修例大聯盟」推動的聯署支持修例活動，截至 5 月 10 日，有 24 萬市民聯署；5 月 19 日破 36 萬人；5 月 24 日破 43 萬人。這數字的增長，是否展示支持修例的主流民意？

……數字還有更多，限於篇幅，無法都拿來「遊戲」。看看 6 月 9 日上街遊行的那 30 萬人，主辦方民陣又會怎麼「玩數字遊戲」，拭目以待。

D

心情的配方

從女俠客洪秀柱想到特首林鄭

「窈窕淑女，君子好逑」，美女的價值自古以來備受重視。當下，美女已是台灣政治中不可或缺的一道風景，這是台灣政治民主的佐料，抑或是台灣政治民主的特色？一些「美貌與智慧並存」的女子，選擇透過選舉從政。美貌在選舉中大多能加分，尤其是能吸引男性選民目光。

總統大選搶攻年輕選票，國民黨參選人、高雄市長韓國瑜，延攬 2 名美女主播何庭歡、白喬茵加入團隊，分別擔任發言人與新聞局機要。郭台銘陣營已確定聘請壹電視前主播蔡沁瑜為永齡基金會副執行長一職，以加強與媒體聯繫。柯文哲陣營有學姊黃瀞瑩拉年輕選票……有美女攪政，這次選戰無疑熱度增添。

在台灣，「美女政治」方興未艾。選舉才剛剛開打，國民黨前主席洪秀柱忽然宣布，將去台南市第 6 選區選立委。近日她已辦理遷戶籍手續，入籍第 6 選區，挑戰現任「綠委」王定宇。這區堪稱台灣最綠選區。王定宇 2016 年以 15 萬票拿下全台灣最高票。

洪秀柱 4 年前在國民黨「權貴」一片畏戰聲中，挺身而出登記參選總統，過五關、斬六將，通過初選，後被廢止提名，改徵召朱立倫參選總統。洪秀柱是個「總統不愛，主席不挺，大老不滿」的候選人，當時一批名嘴紛紛對她謾罵、中傷，如此遭遇堪稱世界少有。在台灣筆者多次見過洪秀柱，兩年前，她應邀在中評社港台影響力論壇上作主旨演講。席間，筆者與她有單獨短暫交流。她那句「黨可以不要我，但我不會放棄黨！」擲地有聲。

如今洪秀柱又一次挺身而出。她曾連任 8 屆立法委員，2012 年當選「立法院副院長」，為史上首位女性出任該職。洪秀柱過去縱橫議場，有「小辣椒」之譽，選「立委」從未輸過。這次她能不能在台南拼出一片天，或許勝數不高，但她身先士卒，登高一呼，贏得一片叫好聲。國民黨員紛紛呼籲歷任黨主席及高層為黨出征，投入艱困選區參選，但黨內大老一個個躲在龜殼裏。看看這樣的「深藍女子」勇於出戰，試問國民黨男子漢去了哪裏？一群老藍男豈不汗顏，不如一粒「小辣椒」。她擎天一柱，懷抱「孤臣可棄，絕不折節」的志氣。這不是真女俠的寫照嗎？這個黨曾經囚禁她父親 3 年，按理她最有理由脫黨，但洪秀柱顧全大局，女帥南征，義無反顧。

俠者，四海為家，打抱不平，或斬妖除魔，或輔佐君主。這是電視劇電影裏的場景。筆者從小就對俠客有好感。俠客江湖，血雨腥風，一把利劍，一壺清酒，撫琴一曲，好不逍遙，醉倒便隨地躺下，不在乎滿地黃泥，不在乎秋風劃過衣襟。狂笑一聲，怒吼一聲，長嘯一聲，痛哭一聲。一份癡狂，這就是江湖。傳說中的女俠客更多幾分快意恩仇，縱橫凡俗之間。在唐人傳奇及明清小說裏，就出現不少女俠客。傳說中有名的是紅線和聶隱。近日再讀李白《俠客行》，「銀鞍照白馬，颯沓如流星。十步殺一人，千里不留行。事了拂衣去，深藏身與名」。寫盡洪秀柱兩次勇闖參選的英姿。

俠客是江湖的一曲傳奇，夜路漫漫，月光皎皎。「義」字怎麼寫，問政認真的「真勇者」洪秀柱又示範了一次。看看香港這一邊，特首林鄭月娥上任兩年了，都說她「好打得」。修訂《逃犯條例》爭議引起社會巨大爭議，但這兩個月，都很少看到她身影，最近這兩次記者會，更是氣質殆盡。要知道，氣質才是一個女人最高級的性感。

從聶元梓、袁隆平、屠呦呦看人的年齡

聶元梓走了，98 歲。研究文化革命歷史，她是繞不開的人物。當年「文革」造反派五大領袖之一的北京大學聶元梓，於 8 月 28 日病逝廣安門醫院。兩年前，她的新版回憶錄《我在文革漩渦中》在香港出版。出版不到一個月，我去她北京家中作獨家專訪。記得，那天她說話中氣仍足，字正腔圓，不過，她自稱耳背眼矇，四肢乏力，記憶力嚴重衰退。她身旁放着一疊書，最上面那本是 30 多萬字的《珍寶島自衛反擊戰紀實》。她依然愛讀書看報。被批為「文革餘孽」的聶元梓，當年與人合寫的大字報，被毛澤東稱譽為「全國第一張馬列主義大字報」。在我專訪她半年後，她摔跤骨折，發燒不退，多次入院治療。她生命力真強，每次都安全度過，回家靜養。

就在聶元梓去世的同一天，中共中央公布說，共和國 70 周年，決定首次開展國家勳章和國家榮譽稱號集中評選頒授，其中最高榮譽的共和國勳章產生 8 名建議人選，其中有同為 89 歲的袁隆平、屠呦呦。我專訪過他和她。袁隆平一生致力於雜交水稻技術的研究、應用與推廣，創建了超級雜交稻技術體系。屠呦呦 60 多年致力於中醫藥研究實踐，研究發現青蒿素，解決抗瘧治療失效難題，她因此獲諾貝爾醫學獎。高齡的他倆至今仍在致力本身的研究。

從聶元梓到袁隆平、屠呦呦，一個 98 歲，兩個 89 歲，我在想，人的年齡大致可分為五種：日曆年齡、外貌年齡、生理年齡、心理年齡和社會年齡。

先說日曆年齡。人們的日曆年齡隨着時間的消逝均等地增長着，不管你如何善於保養，也無論你怎樣懂得生活，在日曆年齡的增長面前，任何人的歲月都是「無可奈何花落去」的。再說外貌年齡。身體外在容貌，長得年輕或蒼老，由於遺傳素質和後天保養的差異，日曆年齡相同的人，其外貌年齡也會大相逕庭。

接着說生理年齡。人體有一個誕生、成長、成熟、衰老、消亡的歷程。人體的身體狀況，包括體態是健壯還是老態，步履是矯健輕盈還是步履蹣跚。日曆年齡相同的人，其生理年齡不一定相同，有些人未老先衰，百病纏身，「忽喇喇似大廈傾，昏慘慘似燈將盡」，有些人則寶刀不老，青春常駐。

接着再說心理年齡。這是指一個人的精神狀態，人們在心理年齡面前並非是平等的。有些人年紀輕輕，其心理品質卻老得很，海闊魚不躍，天高鳥不飛，遲鈍、保守、僵化，枯藤、老樹、昏鴉；有些人即使到達垂暮之年也童心未泯，難得糊塗，黃昏不足道，夕陽無限好。

最後說說社會年齡。人們的社會年齡，就是社會經歷和閱歷，以及知識層面，或稱社會經驗和工作經驗。有些人年紀一大把，辦起事來卻幼稚可笑，有些人則「人小鬼大」，老謀深算。活動廣泛，知識淵博，足智多謀是社會年齡高的標誌，經驗豐富是一個人處事成熟和老練。

老年醫學家和人類學家經過大量研究，認為人老不老，至少可以由五種年齡來決定：年代年齡、生理年齡、腸道年齡、心理年齡、社會年齡這五種年齡綜合分析衡量，可以判斷一個人是不是老，老的程度如何。實際上，人的生命有兩次出生，一次是「身命」，一次是「心命」。「身命」是身體的生命，「心命」是心理的生命。「心命」的出生是連續的過程，自己做選擇，雖然也會有所恐懼，但更多的卻是期待。

「體味餘香房」和「地鐵站味」

香港女星莫文蔚在湖北恩施開演唱會，入住金桂大道上的瑞享國際酒店。她離開後，酒店打着「莫文蔚住過的房間」的名義，限時競拍「莫女神花園套房」，以8,800元人民幣起拍，每次加價500元。宣傳海報上說，「莫女神離開恩施了，但入住的房間還在，餘溫尚存、餘香尚在，今夜等您」、「客房內女神睡過的牀上用品及浴室毛巾和相應的一次性用品皆可帶走」。言辭刻意露骨，暗示欲蓋彌彰。這張帶有明顯挑逗意味、明碼標價競拍女星入住過「體味餘香房」的海報，在網絡上一經曝光，隨即惹來大批網民批評是「低俗炒作」。蹭熱度行銷不是壞事，但行銷方式千萬條，「惡趣味」是最不可取的那一條。

體味有餘溫、體味有餘香。說到人的體味，確實奇妙，每個人都擁有自己獨一無二的氣味。有些人夏天頗受蚊子歡迎，殊不知這也是體味在起作用，當汗液中乳酸含量較高時，蚊子就會被招引來。皮膚表面活動的細菌，是體味的一個重要來源，體味也跟人們每天攝入的食物有一定關係，還會受到情緒的影響。

醫學研究表明，人體每一平方厘米皮膚上約有300

萬個細胞、100個汗腺、20多個溢脂毛孔和10來根汗毛，但每個人的數量都不一樣，這是人的體味有濃烈有寡淡的原因。經常進食肉類的男人，體味總有較濃的「葷味兒」；經常食用茉莉花、蘆薈的女性，會有香水般的體香。體味還會受情緒影響，驚恐、焦慮、興奮和緊張等，都會引起體內激素代謝變化而影響體味。

最近，關於「體味」的話題，全被上海「90後女作家」張曉晗所佔據了。颱風「利奇馬」掠過，張曉晗在微博上引發了一場有關「TOP5生活」坍塌的言論風暴。她家裏正在封飾陽台，滿屋飆雨，馬桶壞了，遭遇糟心，發微博發洩也令人同情。不過她吐槽卻出了格：「想着隨便吧，毀滅吧」，「我的人生中沒有一筆不義之財……住小兩千萬的房子，做着所謂人類精英工作，過着所謂『TOP5』的生活，聞得出別人身上的地鐵站味道了，和那些暴雨中奔波的人不一樣了，其實什麼也沒改變」。

女作家筆下這段話有濃濃的畫面感，尤其是那「地鐵站味道」和「馬桶味」。那部最近正火的電影《寄生蟲》說窮人是有「氣味」的，再怎麼裝，這股氣味是難以抹去的。張曉晗剛看了這部影片。事後她解釋只是自嘲而已，但在那些天天趕坐地鐵的網友眼裏，這有着頗為明顯的「鄙視味」，她上流生活的那種幻覺被「地鐵站味道」戳破了。她的言論在網上迅速上了熱搜榜而引發爭議。一種身在頂層的優越感，讓張曉晗產生了自以為高高在上的幻覺，能聞出別人身上的「地鐵站味」和「馬桶味」，但她卻未曾想到，一場颱風襲來，漏雨的屋子和失靈的馬桶，就把她一下摔到地面，讓她與平民無異。自以為過着「TOP5 生活」的她萬萬沒料到，自己諸多「文學作品」都比不上一條帶着「地鐵站味」和「馬桶味」的微博，能如此迅速令其火爆「出圈」而揚名。

這個社會存在財富差別，也並不仇富，但一部分已富裕起來的人，在過好自己口了的同時，應該對周圍的人群抱以理解心和同情心，即便你確實不再需要擠地鐵，也不要透過鄙視那些地鐵族，來顯示自己莫名其妙的優越感。有的人活在自己的生活中，有的人活在和別人生活的差異中。

需要更多「李子柒」：有溫度的好故事

這幾天朋友圈都在傳李子柒的視頻，就所謂「文化輸出」而引發爭辯。之前沒聽說過這個名字有點不一般的女子。好奇心驅使下去微博看了她的「文房四寶」視頻，竟然旋即被她成功圈粉。

真是孤陋寡聞，原來，早在兩年前她就被視為「2017 年度網紅」。她歷時兩年拍攝製作中國古代傳統文書工具筆墨紙硯的過程，割樹皮造紙，收集羊毛兔毛做筆，用松香做墨，打磨雕刻硯台，工藝流程一一呈現，將沉澱千年的筆、墨、紙、硯濃縮在 11 分鐘的視頻裏。她身穿傳統服飾，田園生活詩情畫意，視頻給人一股濃濃古風，看她的視頻是一種享受，看到李子柒的體驗，也滿足了自己的一種願望。

氣質是古典的，呈現方式卻是現代的。於是，一個晚上都在看她的視頻，每段視頻 10 分鐘左右，一個接着一個而難以捨手。這位四川女子，視頻裏很少旁白，只是默默在那裏幹着農活，偶爾會跟奶奶說幾句四川方言，展示她做各種包括美食在內的文化場景，將中國傳統文化糅合農村生活，讓人一下子就喜歡上了她和她代言的生活。

有報道說，為了傳承每一個工具的製作過程和古法工藝，她查閱無數史料資料，觀看十多部相關紀錄片，探究其中的歷史和工序，一遍一遍揣摩分析，洋溢濃濃的東方人骨子裏的「匠心精神」。拍攝醬油製作的視頻，是從她如何種黃豆開始的，完整呈現製作醬油的整個過程，拍攝周期大半年。初春桃花開，採來釀成桃花酒；入夏枇杷熟，摘來製成琵琶酥。她探訪村莊，挑選食材，走進原產地，力求帶給觀眾自然而健康的食物，傳遞一份帶溫度的美食，每款產品的原料產地、口味口感、包裝樣式，她都完美達標，要經得起挑剔和細品。

李子柒的故事成了一個傳奇，火了全世界。在新浪微博，她擁有 2,120 萬粉絲，置頂的文房四寶視頻點擊量達 1.1 億人次。她的視頻沒有英文字幕，卻在海外社交媒體 YouTube 上有 750 萬粉絲，這個數字僅次於 CNN 的 790 萬粉絲。今天，全世界都在看東方。在世人目光中，李子柒的視頻打開了一個精緻而新穎的窗口，向世界展現多元而美麗的當代中國。

於是，有學者論述稱這是難得的「文化輸出」。其實，「文化輸出」通常指一個國家為達某種目的，主動而有意識地將其傳統的價值觀傳播或強加給其他國家的過程。從這個意義上講，文化輸出就是輸出一個國家的思想觀念和國家形象。直到被賦予「文化輸出」的符號之前，李子柒只是一個把自己經營得很好的視頻博主，也不是一些學者賦予她的那種閃現「文化英雄」的光環。她的每一個場景，似乎在講述生活的酸甜苦辣，卻在不經意間，讓人們感到聰慧、勤勞、自強、博愛、精準等理念的靜水流深、沁人心脾。潤物細無聲，她的視頻中沒有一個字誇「中國好」，卻講好了「中國文化」和「中國故事」，別再附加給她太多額外的符號。

近日，與李子柒異曲同工，23 歲美女舞蹈演員馮佳晨是個「網紅」，她表演真人版「一眼萬年」的「不倒翁小姐姐」走紅。在西安大唐不夜城，她身穿華麗唐裝，輕盈飄逸、嫵媚多姿，6,000 餘條表演視頻的總播放量超過 15 億次。這個社會需要更多的「李子柒」，需要更多有溫度的好故事，需要有特色而有流量的文化「符號」，這比僵硬說教和自我吹噓管用得多，能讓更多的朋友心悅誠服地讀懂中國。

溫瑞安六場官司：義所當為、情非得已

說起正在推進的涉及溫瑞安作品影視化開發爭議的幾場官司，4月29日，武俠小說大家溫瑞安對我說：「我也只好回到當年新馬台創神州社試劍山莊的原來初心，一如當年1989年撰寫《少年四大名捕》時秉持的筆法和應世的題旨：以惡制惡、以善待善，我願意讓你踩着我肩膀攀上高處去，但若他真的一腳狠踩到俺頭頂上，俺就一個大甩肩把他狠狠的摔下來。你要我讓路，我誠心為你開路都可以；但你故意踩我腳趾，我只好斫斷你的尾巴。我這種情態決不是人在江湖、身不由己，有時候其實只是義所當為、情非得已。」

據悉，2020年3月25日，上海市嘉定區人民法院已受理溫瑞安針對藍智投資、奇俠影業所提起的確認合同無效糾紛之訴。據溫瑞安稱，「自2016年以來，藍智投資與相關人士實施了一系列欺詐行為。我受其矇騙，將多部作品的『影視化開發運營權利』授予藍智投資。藍智投資為謀私利蓄意破壞已有項目，私下成立奇俠影業並編造事實將其所獲授權轉讓給奇俠影業。藍智投資、奇俠影業及相關人士，其後合謀欺騙本人、打着本人旗號四處兜售 IP 授權並『一權多賣』，致使我聲譽和作品 IP 價值蒙受不可挽回的巨大損失」。

溫瑞安年逾花甲，出道 50 年，自南方異域一路走來，筆耕武俠小說至今，寫下了 2,000 餘萬字創作，出版品已逾 2,000 種。筆下故事傳遍多年成了傳奇，流風所及，深深影響幾代人。據悉，2016 年中，溫瑞安與藍色光標集團屬下的「藍智投資」簽署許可協定，將《四大名捕》系列相關網絡視聽作品的改編授權開發，並協定邀請溫瑞安擔任改編作品的文學顧問，且對改編文學作品即網絡視聽作品的劇本內容享有最終編審權。是年，溫瑞安分別到訪「藍標投資」北京總部及上海華東總部，會面多位領導高層，擬定四方聯營方式，即以 IP 方溫瑞安、策劃方藍標集團（後轉至「藍智投資」）、攝製方上影集團、資金營運為一家銀行。是年末舉行了「上影四大名捕重出江湖電影啟動發布會」，以及翌年 6 月「上影之夜暨四大名捕宣發會」。

不過，據溫瑞安文化傳媒（深圳）有限公司發言人披露，藍智投資原合夥人浦曉江、王律之，自 2016 年騙取溫瑞安信任，獲得溫的多部作品「影視開發運營權利」以來，實施了一系列「假借溫之名、壓榨合作方、謀取私利、貶低聲譽的行為」。浦王二人先是為謀私利蓄意破壞已有項目，已有注資，已有基金，而且捏造事實，使溫的版權部門誤信其具有北京藍標、上海影業集團的背景，而且旋又將「藍智投資」所獲授權轉讓給蓄意註冊於霍爾果斯的「奇俠影業」，形成惡意串通欺騙溫瑞安。

這位發言人稱，他們又以溫瑞安名義「四處兜售IP授權並『一權多賣』，且通過脅迫、謊言，毀信棄諾，讓原已投資溫IP者以為是溫先生所指使而隨意悔約，讓支持溫書改編影視動漫遊戲的支持者大受挫折、大失所望，而且矇騙溫先生在他們的擺布之下，更利用溫先生的交情與名聲，讓他們兩面三刀的壓榨合作方合理利潤，而惡名全由不知情、全因惜才和信任才委任他們代理對接的溫先生承擔，致使溫先生的聲譽和作品IP價值蒙受了不可挽回的巨大損失」。

發言人聲稱，「此浦王二人對合作方詭言、誣衊溫先生『行將就木』、『吐血病重』、『不能視事』，甚至訛稱『溫先生已經託孤於之（浦）』……以及攻擊原來負責了二三十年營運溫書IP的工作人員是『不諳情』、『不懂營運』、『已遭廢棄』……這些種種虛構的流言已構成對溫先生的侮辱和誹謗，同時也傷害了那些有志於發展溫書與深愛溫書的粉絲們和合作方」。

溫瑞安已於2019年6月委託律師，向深圳市羅湖區人民法院對浦、王二人提起名譽侵權之訴訟。被告二人自知無理，卻借管轄異議之名，故意拖延訴訟進程。最終經法院一審、二審裁定，已經駁回被告無理管轄異議，確定名譽侵權之案件仍然歸屬於深圳市羅湖區人民法院審理。據溫瑞安一方稱，「我們已分別在上海、北京、深圳等六所法院立案訴訟，指控及針對藍智投資、奇俠影業的欺詐、惡意串通的事實，作民事起訴，並已獲得接受申訴」。

溫瑞安對我說：「我近 70 歲，故寧可把時間消耗在與時俱進上。有關那『代理』的侵權已交法務去處理跟進，訴訟已經立案。在年前的『大掌門遊戲抄襲四大名捕形象』、『綿繡未央抄襲溫瑞安作品』，兩案均勝訴，並成國內維權案例廣受注目，國內對維權的穩步發展有目共睹。」

他說，「其實『代理』就是利用了我和第三方的信任與期待，來刮大筆大筆的錢進他們的兜裏，這種跡近金融炒家的欺騙行為：一是辜負了我對他們的授權，其實他們在這個圈裏一個鋼鏰也沒賺過，之前連一個成績單也交不出來；二是他們還欠我的錢，對我的承諾，對我讀者的期待，還有購買版權企劃製作方的損失，應該還我們一個道歉和公道」。

溫瑞安說：「以前曾經歷過逾 7 年以上的流亡時期，深明人間常存：一貴一賤、交情乃見的悲哀與無奈，既然天道無親，常與善人，我就只好儘量和我的溫派作諸善奉行，但是結果還是人善被人欺，世間總是布滿了魑魅魍魎，欺善怕惡，但這也是百花盛開必有蟲、刀光劍影必見血一樣的惡之華，也就是人生的曖昧性和趣味度。」

虹影説羅馬和重慶：沒有他鄉，哪有故知

這是一個發生在羅馬的 5 天半的故事，是兩個同樣出生於中國重慶南岸貧民窟、卻未曾相識的女孩燕燕和露露各自的故事。她倆同樣有着長江流水性格的女孩貧窮、孤獨，對遠方充滿好奇和渴望。有着相同文化基因的她們逃離原鄉，走到國際大都市北京，雖人生境遇迥異，最終都走向永恆之城神奇的羅馬。在 5 天半的行程裏，東西方文化的碰撞，羅馬這座城的獨特性，讓她們更深刻反思自己的愛情和夢想，無所畏懼地作出忠於自我的選擇。夢幻與現實交錯，超越時間、空間，勾連起兩個國家、兩座城市、兩代人，反思自我的過往、現在和未來……這是北京女作家虹影 10 月剛剛出版的小說《羅馬》講述的故事，整部作品蘊含着面向未來的反思。

11 月 10 日，北京朝陽區七聖中街愛琴海購物中心的「單向空間・愛琴海店」，磨鐵圖書和單向空間攜手舉辦讀者見面會。被視為「游走於東西方之間的新女性文學代表」虹影，與北京師範大學文學院教授、博士生導師張莉，暢談城市與人，為讀者答疑解惑；著名演員

趙立新朗讀《羅馬》片段，分享他所愛的《羅馬》。

新書《羅馬》由小說和散文兩部分構成。除了小說外，散文部分是虹影個人真實的人生體驗，包括感情、事業、奇遇等。在羅馬居住的這段日子，點燃了她想要描寫女性內在世界中孤獨的靈感。對異國文化的興趣，令她走進意大利的日常生活，被其豐富的歷史、藝術、美食及其中的人所深深吸引。

與以往的寫實風格不同，在《羅馬》的小說部分，虹影嘗試新的敘述方式。有北京評論家認為，這部小說的描述，「不同時間背景下的不同人物，穿入羅馬這面鏡子，相互交錯，疊加式地對人生不同階段作回憶、感受和重塑。作者對女性存在瞬間的寫作，超越了女性現實的困境和苦難，是文學領域中女性主義的一次創新」。小說中，虹影更希望寫出80後、90後，更年輕一代的重慶女孩內心想要什麼。

問虹影，羅馬和重慶比較的異同。她說，「鴿子飛起來的樣子，在羅馬和重慶都有。沒有他鄉，哪有故知。去了羅馬，才知道重慶有什麼」。在《羅馬》裏，她構建了一對互成鏡像的城市：一座是她鍾情的羅馬，一座是家鄉重慶。不同文化體系的兩座城市，經由她的文字，產生了奇妙的聯繫，勾連起深層次的相通之處。

小說雙線結構並行推進，現在時空的羅馬，與過去時空的重慶，拼起具有「鋼鐵般意志」的重慶女孩完整的心路歷程。書中多次提到重慶女人「鋼鐵般的意志」，對此，虹影解釋說，「一個人為什麼會有鋼鐵般的意志？是因為她身處的環境，如果她不這樣，就會遭到傷害。實際上她是在保護自己。比如說燕燕和露露，她們都是在南岸那樣的環境長大，她們可以成為一個小綿羊，一個小花瓶。你感覺到她們有鋼鐵般的意志或者重慶女孩子很強，但這不是她們真實的一面。她們內心就像長江一樣，很溫柔很溫柔……但環境逼迫她知道，生存之道是自己踩出來的，不是靠別人」。

虹影的小說《饑餓的女兒》中那種對現實的撕裂，在新小說《羅馬》裏依然隱隱作痛。走遍世界的虹影，透過羅馬，再次將視線轉回出生之地。重慶，一座超現實主義的「網紅」城市，孕育了許多詩人和作者。1962 年，虹影就出生在這裏。艱難的童年生活，賦予了虹影與常人不同的人生經歷。18 歲選擇出走，從重慶走向北京、上海，在品味了人間百態之後，她開啟了自己的創作之旅。19 歲開始寫詩；26 歲開始發表小說。在虹影的小說中，總有着她個人成長的影子，但虹影卻並沒有僅僅局限於此。在國內漂泊多年後，虹影又用 10 多年的時間來體會西方文明。

出版方為《羅馬》的讀者設置《羅馬》讀者獎，一等獎 3 名，兩位獲 ROSEMONT 腕表獎品，一位獲 ADL 藝術項鍊。二等獎 3 名，獲簽名絕版《K》。三等獎 5 名，獲簽名《羅馬》。11 月 21 日前，撰寫《羅馬》的千字評論，將評論在微博上發表，虹影邀請導演劉苗苗、編劇程青松、詩人李元勝、主持人鞠白玉組成 5 人評審團，評選出佳作。說到讀者，虹影總是想問他們：親愛的，你去過羅馬嗎？

李昕：出版黃金時代的弄潮兒

3 月 18 日，是台灣文化人李敖去世兩周年。才過去一個多月，4 月 25 日，是李敖冥誕 85 年。這些日子，不少朋友都在讀「李敖三題」《李敖登陸記》、《是是非非說李敖》、《我與李敖：出版背後的故事》。這是 24 萬字《那些年，那些人和書——一個出版人的人文景觀》一書中的 3 篇，佔了 63 頁。全書寫了 20 個人物，寫李敖的字數最多，篇幅最長。

此書作者李昕，李昕寫李敖。他倆交往超過 25 年，用李昕的話說，「交往中，磕磕碰碰，爭爭吵吵實在不少，至少有兩次，李敖甚至想和我打官司呢，但作為編輯，我和他的合作總體上成功且愉快。其間的曲曲折折，恩恩怨怨，於今想來也蠻有趣，值得一記」。

他寫第一次聞知李敖是 1985 年北京大學的一場報告會上；他寫自己最早讀到李敖的書是內地未經授權的「內部出版」的《蔣介石研究》；他寫他主導李敖第一本授權在大陸出版的書《獨白下的傳統》出版而「一炮而紅」；他寫 2003 年在台北李敖書房與李敖交往 10 多年後首次見面……他寫在人民文學出版社時期、在香港三聯書店時期、在北京三聯書店時期，在那些年與李敖的那些書的故事。

在《告訴你一個真實的李敖》一文中，李昕說：「我做了一輩子的編輯，主要是為他人作嫁衣，自己寫文章很少，主要是因為工作忙，沒有時間。2014 年 7 月我退休以後，閒下來了，才開始寫了幾本書。編輯是個有故事的職業。我幾十年來和文人學者打交道，編輯他們的著作，每一本書背後，都有故事。」

每一本書背後都有故事，編輯是個有故事的職業，一個為人作嫁衣的名編是如何煉成的。這是李昕寫的書告訴讀者的。他的編輯學演講錄《做書：感悟與理念》，回憶錄《做書的日子：1982—2014》，隨筆集《做書的故事》、《清華園裏的人生詠歎調》、《李敖登陸記》。退休後的李昕，不到 6 年，拿出他的第 6 部作品集、一位出版家的編輯手記《那些年，那些人和書》。

這部新著 24 篇，可視為對 20 位作家、學者、出版家側寫的一手資料，彌足珍貴。這 20 位名人，除了李敖外，還有：韋君宜、屠岸、胡風、錢鍾書、藍真、蕭滋、劉振強、王世襄、關愚謙、周有光、楊振寧、楊絳、馬識途、吳敬璉、傅高義、戚本禹、齊邦媛、王鼎鈞。有評論稱，由於近距離的親歷，作者筆下，他們的學養為人，許多不為人知的細節，讓人一次次感動；一個個出版背後的故事，也看到出版人的用心與才智，又在不經意間，道出數十年來兩岸三地及海外華人的人文景觀，一時無兩。

李昕出版生涯 38 年，涉足四大出版品牌，曾任人民文學出版社編輯室主任、社長助理，香港三聯書店總編輯，北京三聯書店總編輯，退休後任商務印書館特約出版策劃。他經手的圖書多達二三千種，其中不乏在不同時代引來巨大迴響者，也締造過單本書 100 萬冊的銷量佳績。他一生與書為伴，看書編書賣書，被譽為「出版黃金時代的弄潮兒」。

疫情 3 月，香港三聯出版的《那些年，那些人和書》，由副總編輯李安任責任編輯。李安接受訪問時說：「講出版背後故事的書畢竟不多，李昕的這部新著已被書店選作重點書，就是衝着這點的。李昕筆下涵蓋兩岸三地及海外華人，歷時 38 載，當中可以看到時代的變遷。雖說曲折了一些，也算是黃金時間。李昕是我十多年的老領導，其實香港那段 8 年交流不算多，和他相處最大的感受是信任下屬，非常放手。後來我兼任三聯國際 3 年，也是他領導的。我是主動請纓做此書責編的，但替如此資深的出版人編書，怎會沒壓力？而且我因事多，也拖了一陣子，本來說是 2019 年香港書展參展，後來又說台北書展。但他從來都說：沒關係，不急。我是既感恩又感動。說實話，書真是好看。只是我不知道有多少人懂得欣賞了。當中有許多編輯個案非常寶貴。我也是看了他的這些文章才知道他的功力，他平時都不說的。」

北京三聯書店副總編輯鄭勇作序推薦本書。他是李昕多年同事，用李昕的話說可謂「知人論書」。鄭勇說：「讀這部書，有心的讀者也許可以看出，一個為人作嫁衣的名編是如何煉成的。人後面是有故事的書，書周圍是有故事的人，人和書像舞者和舞蹈不可分離，看得人如醉如癡。我沒想到退休後的李昕，生活得如此精彩，日子過得如此充實，而且活出了更豐富的自我，他活成了自己筆下的文人和學者。這就要說到李昕的過人之處了。在我看來，李昕之為今日的李昕，關鍵在於他的三個不可及處：一是理想與激情，二是勤奮與有心，三是學養與閱歷。」

李昕說：「作為一個讀書人，我一生和自己喜愛的圖書作伴，從中不僅吸取了太多的營養，而且獲得了太多的樂趣。人們說，所謂幸福，就是快樂地生活。我無疑是一個幸福的人。」

屈穎妍《一場集體催眠》創下「奇聞」

這是香港出版界的「奇聞」。一部新書，出版 20 天，印刷 6 版次，在各大書店幾周來連續位列香港社科書籍銷售排行榜首名。不少讀者希望舉行新書簽售會、讀者見面會，惟受疫情影響而不便舉行。為答謝讀者，作者準備了簽名本，以特別的方式向讀者表達謝意。3 個半天作者簽名 4,500 本，寫乾 5 支簽名水筆。她不僅簽自己名字，有的還要簽一些互相勉勵的名人名言和詩詞佳句。她和讀者那種隔空交流的認真，讓出版社編輯頗受感動。這新書是屈穎妍的《一場集體催眠》，由大公報出版有限公司 2020 年 2 月底推出的。

這是一個有趣的現象。這些天，在香港警署時有所聞，在被拘捕的黑衣暴徒羈留期間困在羈押室，警察閒着，就拿出《一場集體催眠》朗讀書中段落，像是自己吟誦自我陶醉，又像是讀給拘押的暴徒聽。3 月 12 日，警方到張貼侮辱市民告示的公民黨區議員劉家衡寓所搜查，拘捕其網紅女友、黃絲補習老師「摵時潘」潘書韻。早前有市民到劉家衡辦事處抗議時，潘書韻在事發現場手拿一個黑色塑料桶，涉向抗議者潑漂白水。「摵時潘」在網上稱，在長沙灣警署被扣留 12 小時期間，「警察不斷朗讀屈穎妍的著作，稱屈是他們偶像」。

資深媒體人、知名專欄作家屈穎妍的這部《一場集體催眠》，收錄她「妍之有理」專欄自 2019 年 2 月以來的 86 篇短文。屈穎妍的文風，在香港時政評論界獨樹一幟，切口小，講故事，視角敏銳、筆觸犀利，邏輯清晰，貼近民心。有評論認為，此書揭示香港持續九個月的黑色暴亂根源，希望社會從混沌中警醒，重拾法治初心，讓香港修補傷痛，重新出發。全書由五個章節組成，包括「有一種無良叫政棍」、「警察的名字不是神」、「一個叫『沒大台』的後台」、「獨立的滋味」、「我們不缺完美的人」。持續揭露黑暴真相的屈穎妍，始終受亂港分子惡意針對，有暴徒更揚言會對她「下手」。不過面對恐嚇威脅，屈穎妍無畏無懼，堅持發聲，從未退縮，繼續「守心、守德、守責」，被視為「香港正能量代表之一」。

大公報出版有限公司副社長王志民告訴我，香港修例風波期間，屈穎妍始終秉持冷靜、反思、探究的態度，揭示真相，激濁揚清，發掘表象之下的深層次根源，呼籲民眾放下偏見，消除戾氣，共同維護法律的公正與威嚴，為止暴制亂、恢復秩序凝聚廣泛的社會共識。知道屈穎妍的文章廣受讀者熱捧，但那麼多讀者熱買，還是讓人有點意外，讀者覆蓋政商名人、普通市民、年輕學生等不同背景的人士。

據悉，有香港法律界人士訂了 1,000 本，要送去一些學校。立法會議員、香港大律師梁美芬就買了 100 本送朋友，另一位立法會議員何君堯也買了 100 本送朋友。作者和出版社要去各警署贈書，退休警察聽說便主動組成「運書隊」，一天走了 8 個送書點，「運書」陣容鼎盛，有退休神探林桂彬、左墀 Gilbert Jorge。Gilbert Jorge 不懂中文，拿着 Google translate 讀這部書。他們都說，當差 30 幾年，未試過一日走那麼多家警署及警察宿舍。有警察買了書聲稱要放在家裏「辟邪驅瘟」。

「為什麼在這場暴亂中，我們身邊的不少好友、同學，敬佩的老師、專業人士，會變成不可理喻的人呢？」屈穎妍接受採訪時說，香港出現的黑暴猶如一場集體催眠，對市民洗腦，讓他們相信了某一種東西，但這很大程度上是建基於謊言，「我們要把謊言逐一揭破，被催眠的人才會醒過來」。

屈穎妍指出，這次疫情之下，很多人被困在家中超過一個月，多了沉澱時間，多了與父母溝通，相信無論是一般的「黃絲」還是「勇武派」都會開始反思，過去的行為到底是為什麼？黑暴攪炒，無人可倖免。最近只是因為疫情，暴亂才稍有停歇，但疫情過後直到 9 月立法會選舉，暴亂隨時再現，反對派不會輕易讓「火頭」

熄滅，她籲請香港建制力量和沉默大多數不可讓反對派再燃起這把火，「要多發聲，向他們說不」。

屈穎妍接受採訪時說，很多讀者提到，持續幾個月的黑暴運動，真的是一場「催眠」。她希望這本書能打破「催眠」，戳破黑暴運動中的謊言，讓人們看清真相，醒悟過來。屈穎妍多次感謝讀者支持，她提到，很多讀者想告訴別人不認同這場黑暴，但是他們不敢出聲，所以這次透過購買這本書來表達自己的意見，「讀者說買這本書就是一種支持，是一種表態，這是我覺得最大的感恩，多謝各位讀者」。

丘樹宏和國家命題：孫中山文化

五一長假期，廣東省中山市南朗鎮左步村。老師帶着學生徜徉於村中，尋找孫中山和阮玲玉等左步名人印跡。家長和孩子走進果園採摘新鮮的草莓和桑葚，下稻田體驗農耕生活……短短幾天假期，僅村中的生態農莊就接待了近萬名遊客。一百多年前，這裏是香山縣左步村。1912 年辭去臨時大總統職務的孫中山回到左步村謁祖。這個村落與孫中山故居所在的翠亨村緊鄰，是孫中山祖居之地。今天，左步村拂去歷史浮塵，深挖文脈，串珠成鏈，重塑古村落之美。

左步村是廣東省古村落。這裏的生態農莊 30 公頃種養面積，已轉型文化生態旅遊。左步村有豐富的歷史文化名人資源，除了孫中山先祖，有連片完整的清末民初老建築群，有山清水秀的田園風光。左步人文歷史展館展示左步魅力，是中山市首家村級人文歷史展覽館。梳理人文脈絡，孫氏祠堂、阮玲玉故居、方成故居、風水林公園……細數左步名人故事，成為眾多遊客打卡點。在左步舉辦的南朗首屆稻田音樂節讓人看到藝術魅力，人們從左步看到一個村莊的文化覺醒。

人文價值鏈是粵港澳大灣區融合發展的核心元素。

粵港澳三地擁有歷史、人口、語言、文化方面的同一性，人文是大灣區交流合作最重要的無形力量。2019年5月中旬，中山市政協主席丘樹宏對我說：「粵港澳三地間豐富而集中的人文價值鏈，是大灣區交融合作的核心與靈魂。」構建「人文灣區」，形成強大的文化認同和凝聚力，能提升大灣區的軟實力和美譽度，把大灣區建成全球華人共有的精神家園。丘樹宏認為，珠三角9個城市與香港、澳門，同屬嶺南文化和珠江文化圈，歷史、人口、語言、風俗習慣等的同一性，使其形成共同的人文價值鏈，這有別於世界其他三大灣區東京灣區、紐約灣區和舊金山灣區的獨特優勢。

2019年2月18日，《粵港澳大灣區發展規劃綱要》提出要「共建人文灣區」，其中一個重要內容是「支持中山深度挖掘和弘揚孫中山文化資源」。對此，丘樹宏認為，這意味着孫中山文化的挖掘和弘揚，正式成為粵港澳大灣區的國家發展戰略中的重要組成部分，以此為標誌，「孫中山文化」正式列入「國家命題」。

據悉，「孫中山文化」是2008年由中山市提出的。2007年初，時任中共中山市委宣傳部長的丘樹宏，按市委要求，嘗試提出「孫中山文化」這一概念，起草創建國家歷史文化名城的方案。翌年1月，中山市委、市政府頒布一號文件《關於加快推進文化名城建設的意見》，核心內容：3年內成功創建國家歷史文化名城；

建設八大文化工程，而八大文化工程之首，就是孫中山文化工程。

丘樹宏說，孫中山文化包含三個層面：一是孫中山的思想、主義、理論和精神；二是背後的文化元素；三是孫中山個人的文化成就。這些在毛澤東、鄧小平和習近平等中共前任和現任領導人對孫中山一系列的評價中都有深刻闡釋。丘樹宏說，當初提出孫中山文化這一概念時，在行政層面和學術界也有不同看法，有人認為用文化概念，是否把孫中山做小了。丘樹宏說：「對於任何一個新鮮事物，有不同看法是正常的。其實，以孫中山文化這個概念來推廣，非但沒有做小，反而做大了，因為文化的內涵和外延，比思想、理論、主義和精神更廣更深，用文化的名義，也會走得更遠更長久。」

對於不同看法，中山市沒有去作更多的解釋，更沒有爭論，而是沉下心、低下身段來做實實在在的事。2011 年，辛亥革命百年，中山市策劃組織了百個項目，包括紀念活動、文藝表演、建設孫中山史跡徑和城市建設等。2010 年廣東省政府工作報告明確提出「弘揚孫中山文化」，孫中山文化正式上升為廣東省命題。2016 年 11 月 12 日，孫中山誕辰 150 周年，中山市又藉此策劃多項紀念活動、文化項目、城市建設、民生工程，令孫中山影響力更獲得一次高遠提升。粵港澳大灣區戰略設想公布後，孫中山文化一步一步向國家命題靠近。

丘樹宏更是身體力行，除了策劃組織和實施一系列包括國際性、國家級項目和活動外，還撰寫了《孫中山文化：一個重要的國家命題》等文章在國家媒體發表，主創了大型交響組歌《孫中山》在海內外巡演，引發了一股孫中山文化熱。丘樹宏說，「孫中山文化是中華傳統文化與中國現代文化及世界文明相結合的代表，既是粵港澳大灣區最具代表性和影響力的人文價值鏈，又是全球華僑華人共同的精神紐帶，與『一帶一路』倡議、構建人類命運體共同一脈相通。粵港澳大灣區 11 個城市無不與孫中山有着密不可分的關係，有着眾多孫中山文化的遺存。中山市提出孫中山文化理念，經 10 年探索和踐行，孫中山文化已獲得全球華僑華人的廣泛認同」。

據丘樹宏透露，廣東省已經出台粵港澳大灣區發展實施意見和 3 年行動方案，他建議由廣東省政府牽頭聯合港澳地區，建立粵港澳大灣區文化交流合作機制，在孫中山家鄉中山市成立粵港澳大灣區孫中山文化國際交流中心，探索建設「粵港澳大灣區中山文創示範區」，支持在中山翠亨新區規劃建設高水準綜合性大學。丘樹宏說，中山現在有兩大產業特色明顯。一是專業鎮和集群產業，如古鎮燈飾生產佔全國七成、出口佔全國六成的市場；二是現代裝備業和現代健康產業與現代信息產業，但珠江口東西兩岸長期以來發展不均衡的情況也很突出。下一步可以綜合研究編制珠江口西岸地區發展規劃，探尋西岸城市群發展策略，主動對接香港、廣州、深圳和澳門，發揮區域協同效益，促進區域一體化發展。據悉，5 月 16 日，「孫中山文化粵港澳行」在中山市孫中山故居紀念館舉行啟動儀式。

7 月香港書展有一場由貿發局、亞洲週刊和明報聯合主辦的《文學遇到粵港澳大灣區》講座論壇，7 位講者來自香港、澳門、廣東，廣東省政府文史館館員、廣東省作家協會副主席丘樹宏是講者之一。最近他常常思考的是：粵港澳大灣區文化交流合作的內容與特點；粵港澳大灣區城市群文化的相依性與差異性；粵港澳大灣區文化交流的困難、問題及其對策；粵港澳大灣區文化交流合作與經濟社會發展的關係；粵港澳大灣區與國內外文化交流合作的關係；孫中山文化如何融入粵港澳大灣區人文灣區建設、一帶一路倡議和構建人類命運共同體……

孟祥才講述
學部知識份子「文革」眾生相

「學部」，即「文化革命」前的中國科學院哲學社會科學部的簡稱，1977 年獨立成立中國社科院。「學部」集合了當年中國社會科學領域的一大批頂尖人才。學部知識份子的主體是專業研究人員，這些人中，非勞動者家庭出身者多，非中共黨員多，學術權威多，業務尖子多。他們因應「文革」展示的人生百態，構成了學部知識份子光怪陸離的圖畫。這些人可分多種典型。

第一種是以死抗爭的剛烈型。這種人多是性格剛烈、清純無邪、疾惡如仇、篤信執着。他們絕對相信共產黨是光榮、偉大、正確的黨，相信共產黨的各級官吏都是明如水，清如鏡的清官。相信「文革」運動一定如共產黨屢屢宣示的，既不會放過一個壞人，也不會冤枉一個好人。然而，現實卻沒有他們想像的那麼美好。當莫須有的罪名硬加到他們頭上，當他們信仰的聖殿轟然倒塌，他們為了證實自己的清白，不惜以死抗爭。歷史所的楊超，雖然出身於上海的資本家家庭，但解放後一直無條件地追隨共產黨，執着於自己的專業，在自己並不富裕的條件下，毅然將母親留給自己的 5 萬元人民幣現金捐給國家。如此矢志忠心，得到的結果卻是一頂他自己根本不知何物的「5・16」帽子。他在對一切絕望後毅然喝敵敵畏自殺。放在衣兜中的紙條上寫的是「我不是5・16，我也不知道誰是5・16」。

這是孟祥才的新著《學部「文革」親歷記》中記敘的，此書剛於12月19日在香港由中國文革歷史出版社推出。書中寫道，「這些性格剛烈者，以自己的慘烈行動證明自己的清白，他們不愧為捍衛自己人格的英雄。然而，他們犧牲得值得嗎？我懷疑！……你為捍衛真理而毅然赴死，他們不給你一個『畏罪自殺、自絕於黨和人民』的罪名就算高抬貴手了，絕對不會承認你是什麼英雄。你的死只能給你自己和家人帶來損失和痛苦，實在太不值得了。不過，他們的死仍然值得崇敬，因為他們以自己慘烈的死昭示了這個體制的非人道，昭示了『文革』的荒謬絕倫」。

書中描述的學部知識份子類型還有：第二種是以死抗爭絕望型；第三種是堅持真理、堅持實事求是、不屈不撓的堅定抗爭型；第四種是面對壓力違心屈服，但準備適時翻案型；第五種是一切順從型；第六種是玩世不恭、遊戲人生型；第七種是事不關己、高高掛起、冷眼向洋、若即若離的逍遙型；第八種是挖空心思的整人專業戶型；第九種是以個人利益為中心，觀風色、察動向，隨時轉變立場、改換門庭的變色龍型。

當年學部的人物有主任郭沫若，副主任潘梓年、張友漁等，哲學所有金岳霖、楊獻珍、李澤厚、嚴家其等，文學所有何其芳、錢鍾書、俞平伯等，外國文學所有馮至、楊絳、戈寶權等，歷史所有尹達、侯外廬、顧頡剛等，還有近代史所、世界史所、經濟所、世界經濟所、語言所、民族所、情報研究室、法學所、宗教所、自然科學史研究室……學部的人物個個都如雷貫耳。孟祥才的這部新書正是學部知識份子「文革」眾生相。

親歷過，或關注「文革」那段歷史的人大都知道，當年的學部在運動初期是如何興風作浪，而不久在清查「5．16」運動中，被周恩來重點關注打擊，眾多人受盡冤屈磨難。關注與研究「文革」歷史，這本新書是不可不讀的難得的真實記述。孟祥才於 1964 年 9 月考入中國科學院哲學社會科學部歷史所，是「文革」中的歷史所造反派核心成員之一，後在清查「5．16」運動中受盡冤屈磨難。孟祥才 1976 年 5 月調離歷史所，到山東大學工作，後任山東大學歷史學教授、博士研究生導師。

12 月 20 日，新書在香港樂文、田園、天地等書店上市翌日，孟祥才接受亞洲週刊訪問。他說，「即將過去的這一年，是共和國成立 70 周年，中國大陸這 70 年的漫長歲月，既有令世界矚目的耀眼成就，也有使人難以忘懷的磨難和曲折。最讓經歷者刻骨銘心的莫過於10年『文革』。這一時段，我正在當時的歷史所讀研究生和工作，幾乎經歷了這裏『文革』的全過程。學部在中國尤其是北京市的『文革』中是知名度頗高的單位，這不僅因為它是中國人文社會科學的最高研究機構，更因為它的領導層與中共中央高層、其中部分人又與領導『文革』的核心機構『中央文革小組』有着千絲萬縷的聯繫，所以自1966年至1968年的『文革』初期的風浪，幾乎都與學部有關聯」。

孟祥才說，「在1969年全國開展大規模的清查『5 · 16』反革命集團的運動中，它又被周總理欽定為『全國5 · 16的大本營、黑據點、操縱者、組織者』，是全國抓出『5 · 16』分子比例最高的單位之一。可以想像，發生在這裏的10年『文革』該是怎樣的跌宕起伏。我身不由己地捲入學部『文革』，留下了永遠難以磨滅的記憶」。

「文革」結束後，孟祥才總想將自己的經歷和見聞記錄下來，作為史料予世人，特別是對「文革」有興趣的研究者共用。2005年，他從山東大學退休後，立即將他自小學至「文革」的經歷寫了一個近30萬字的備忘錄保存。以後5、6年間，他陸續將「文革」的記憶，以回憶錄的形式在《歷史學家茶座》、《春秋》、《炎黃春秋》等刊物發表。這次回憶錄出版，了卻了他多年縈繞腦際的一樁心事。他說，「寫作本書遵循的原則是，我不敢保證回憶的每一個人、每一件事都絕對準確無誤，因為記憶失誤很難避免，但絕對保證不以個人的好惡、不以今天的認識胡編亂造」。孟祥才認為，「由於學部是中國人文社會科學最高層的研究基地，聚集了當時一大批文化知識精英，他們『文革』中千人千面的精彩表演，活畫出二十世紀六、七十年代中國大陸的『儒林史』」。

「最後的讀書人」流沙河歸去

88 歲的流沙河歸去，走到人生終點站。他的一生都濃縮在漢字中。現代詩人是他最耀眼的名銜，他還是文化學者、作家和書法家。30 年前的 1989 年，他封筆不再創作詩歌，但他在中國詩壇的地位從未有動搖。半年前的 5 月，四川人民出版社推出《流沙河詩存》，精選 80 首詩作，名「珍藏紀念版」，停止寫詩 30 年後，他以舊作重歸讀者視線，仍熱爆文壇。讀者給他冠上諸多頭銜，而他最認可的是「職業讀書人」。有評論稱流沙河是中國「最後的讀書人」，「把書讀到沙河先生那個份上，以後怕是難再有了」。多年前人們就說流沙河是「成都的一張名片」，更有人稱是「成都這座城市的靈魂」。3 年前酷愛讀書的國務院總理李克強夜訪成都寬窄巷子時，在見山書局買的就是流沙河《老成都——芙蓉秋夢》一書。

2019 年 11 月 23 日下午 3 時 45 分，流沙河離開了這個世界。據他兒子余鯤說，兩年前流沙河在成都第一人民醫院被診斷為肺炎，之後長期在家中服藥，一直沒意識到是腫瘤。11 月 4 日，流沙河轉至華西醫院治療，次日被醫生診斷為喉癌晚期。醫院和家人原擬於 18 日為流沙河手術，但在術前一天卻引發別的併發症，因胃出血而送到手術室已昏迷不醒，經搶救脫險，但內臟器官已嚴重受損。

流沙河原名余勳坦，1931 年生於成都金堂縣城的詩書人家。4 歲跟着一前清老秀才上課，學古文，做文言文，習書大字，後考入省立成都中學高中部。巴金小說、魯迅雜文、曹禺戲劇、艾青的詩都讓他沉迷。17 歲時，他以「流沙河」為筆名發表處女作短篇小說。筆名取自《尚書・禹貢》之「東至於海，西至於流沙」。因當時國人名字慣為三個字，所以將「河」複補。他考入四川大學農化系，讀了半年便選擇離校，投身「創造歷史的洪流」，先後在《川西農民報》、《四川群眾》編輯，又調往省文聯。他主持創辦中共執政以來第一份官辦詩刊《星星》。創刊號上，他發表《草木篇》，那是 1956 年，他才 25 歲。翌年，「反右」運動中，因其作品《草木篇》被中共最高領導人毛澤東點名指「有政治思想問題」、「假百花齊放之名，行死鼠亂拋之實」，被認為是「向人民發出的一紙挑戰書」，由此被打成右派。《草木篇》也成了劃分右派的一個依據，反右一開始，他便被「莫須有」而認定為三個反革命集團的首領。

浩劫十年，流沙河被抄家 12 次。流沙河接受多種「勞動改造」，下放到老家金堂縣鋸木廠當 6 年木工。

在省文聯圖書資料室管理報紙，在資料室庫房，他欣喜發現一堆「破四舊」留下的舊書多是先秦典籍。他說：「《莊子》讓我在人生艱難的時候，都保持開朗豁達狀態。」當時他想，自己這一生還有這樣多的精力可用，但能用在何處？他開始補課，讀數學、古代天文學、現代天文學、動物學、植物學，還有古代經學、古文字學。1978 年，流沙河作為全國最後一批「右派」獲平反，他任金堂縣文化館館員，翌年加入中國作家協會後重新發表作品。

《星星》詩刊主編、四川省作協副主席龔學敏說，「沙河老師作為一位優秀的詩人、編輯，對《星星》詩刊的成長付出心血。1982 年，由他主持的欄目『台灣詩人十二家』在中國詩壇引發巨大反響，讓很多年輕詩人領悟優秀的創作思維和寫作技巧。很多著名詩人，都是從『台灣詩人十二家』中找到了寫詩的方向，迅速成長而最終優秀的」。那幾年，流沙河創作了大量詩歌，發表成書，《理想》、《那是一隻蟋蟀》傳頌頗廣。但流沙河回憶那段經歷說，作為一個作家、詩人，他是失敗的。「我早期寫詩，到 1957 年之後基本上就停了。上世紀七十年代末又開始寫，我的絕大部分詩，都是宣傳。」其實，他的詩歌作品影響了幾代人的成長。

多年前，記者曾前往在成都南門一個社區的流沙河家中採訪。晚年他致力於中國傳統詩歌與文字學的研究。1989年後，流沙河決意封筆，不再寫詩，開始「說文解字」的研究，致力於中國古典文化與古文字研究。他的《流沙河認字》、《莊子閑吹》、《詩經現場》、《老成都．芙蓉秋夢》、《漢魏六朝詩》等，其數量已數倍於他先前的詩作了。

他曾擔任四川省作協副主席等職。65歲從四川省作協退休後，流沙河在日常讀書、寫書之外，便是做講座，講他對傳統經典文化的研究，講他的成長故事。成都市圖書館館長肖平說，在生命的最後10年，流沙河除了在家研究古文、漢字，去得最多的地方就是成都圖書館，給市民文化講座，內容從老成都故事、《莊子》系列，講到詩詞歌賦，再開設「中國詩歌通講」系列講座。2009年開始，圖書館每月一次講座，他從未缺席，堅持十年，開講120次，線下到場的觀眾達6萬餘人次。他希望「把自己熱愛的傳統文化多傳播一些，讓大家的生活多一些詩意」。無數成都市民和學人都記得有一位瘦弱而謙恭的老人，在很多場合用他低啞的聲音，傳播這座城市所特有的人文素養。曾在四川大學就讀的龔應俊對講座記憶深刻，他在微信朋友圈寫道，「85歲高齡依然思路清晰，慈眉善目，講課充滿趣味，不愧成都文宗」。流沙河用地道的成都話講課，把生澀的文學和理論，深入淺出，講得有趣。

2019年5月後，流沙河不再出門講座，他的咳嗽與聲音嘶啞的症狀加重，於是窩在家裏讀古籍。流沙河說，「我讀了很多書，一些年輕的編輯遇到什麼知識、典故不懂，就打電話來問我，我就告訴他們。這就是讀書後給我帶來的快樂」。「選擇讀書作為一個愛好，實際上都還是一個無能力的表現，因為我做不了什麼事，不過是一個讀書人」。他的書房裏藏書不算多，但多是精選的典藏書籍。他說書不在多而在讀透讀精。他每天讀書至少兩小時，閱讀內容與時俱進，國內外贈寄的書刊供他瞭解最新時事。這就是流沙河，一個樂此不疲地讀書、寫書、講書的老人，如今他到了終點站，下車無憾。

葉永烈：墓碑上刻「請到上海圖書館來找我」

寫下 3,500 萬字、300 多部作品的作家葉永烈，2020 年 5 月 15 日上午 9 點半，因前列腺癌在上海長海醫院病逝，享年 80 歲。自 2019 年接受手術之後一直住醫院，術後康復狀況不佳，最終因器官衰竭去世。記得，他曾經說過，「我死後，墓碑上就刻上：請到上海圖書館來找我」。他去世這一天，朋友們紛紛在網絡上懷念他，稱他「勤勉寬和」,「有情有義」,「剛直不阿」、「不逢迎、不偏私」，在「庫恩事件」上，更保有「中國作家的尊嚴」。這「庫恩事件」正是多年前由《亞洲週刊》引發輿論關注的。

美國人庫恩撰寫的《他改變了中國：江澤民傳》2005 年出版後引發話題。我獲知，這部「江傳」被當時北京國務院新聞辦視為「001 工程」，上海作家葉永烈「被點名」與庫恩合作撰寫「江傳」，不過他倆最後分手。參與了這部傳記前期主要工作的葉永烈，最終「拒絕了庫恩的『不平等條約』」。當時我聯絡幾十年老友葉永烈了解實情。2005 年 2 月 25 日，亞洲週刊發表葉永烈《我和江澤民傳書內書外的秘密》。翌日香港、台灣以及美國諸多媒體紛紛報導，日本、加拿大、澳洲、新西蘭等媒體也陸續報道。

用葉永烈的文字描述，「世界各地數以百計的網站轉載了亞洲週刊的這篇文章，當時正值庫恩到南京、揚州簽名售書的時候」。直至5月24日，庫恩到大連簽名售書，面對當地記者窮追不捨的提問，終於打破沉默，首度對葉永烈的文章作出回應。5月27日晚，葉永烈飛往中國西北為新版「紅色三部曲」簽名售書。我打電話到蘭州飯店追訪，亞洲週刊接着在第28期發表《江澤民傳的更多秘密》，作為葉永烈對庫恩回應的回應，又引發全球輿論新一波關注熱。

葉永烈與亞洲週刊情緣頗深。2016年7月香港書展，香港貿發局和亞洲週刊特別邀請葉永烈赴港參展，在「名作家講座系列」上作題為《叩開「文革」歷史之門》的演講，近800讀者聆聽參與。四十不惑之後的葉永烈走上紀實和傳記文學之路，自創「黨史文學」。他的「紅色三部曲」《紅色的起點》、《歷史選擇了毛澤東》、《毛澤東與蔣介石》展現紅色歷程，《鄧小平改變中國》、《四人幫興亡》、《陳伯達傳》等有「文革」十年的真實寫照……他寫下一本本走進歷史深處的傳記和紀實文學，他自稱是「舊聞記者」。他曾跟我說，他最想為國務院前總理朱鎔基寫傳，朱任上海市長時，葉永烈就注意聽他講話，每次都錄音存檔。他多次在公開場合表達「為朱鎔基寫傳」的這一心願，希望「隔空喊話」，把這一聲音傳遞給朱鎔基知道，但朱始終沒有回應，這成了葉永烈一生遺憾。

讀他的傳記和紀實文學，讓讀者在寫作領域看到一個截然不同的葉永烈。因為他走上文壇卻是藉科普作品和科幻文學的創作，他被稱為「一代人心中科幻夢的啟蒙者」、「小靈通之父」。2017 年《葉永烈科普全集》出版了 28 卷，收錄了葉永烈 1983 年以前的科普作品，共 1,400 萬字。中國內地出版界有一個傳奇，少年兒童出版社的《十萬個為什麼》發行超過 1 億冊，是唯一發行量超《毛澤東選集》的讀物，葉永烈正是主要作者。《十萬個為什麼》從 1961 年的第一版到第六版，他是唯一一位參與每個版本編寫的作者。他是初版本寫得最多的一個作者，初版本最初出 5 卷，共 947 個「為什麼」，他寫了 326 個，佔全書 1/3。從第一版至第六版，他始終是每一版寫得最多的作者。他也是這套書最年輕的作者，寫這套書時他只 20 歲，出書時他只 21 歲。

如果說《十萬個為什麼》是葉永烈的成名作，最具知名度的作品還有《小靈通漫遊未來》、《小靈通再遊未來》、《小靈通三遊未來》等。著名科幻作家韓松說，「葉永烈去世了，這樣，繼鄭文光、童恩正後，中國上一代又一位大師走了。這是一個時代的消失，是他帶來了科幻的火種」，「葉永烈在讓科幻通俗化上，也做了很大貢獻，比如他的金明探案系列，把科幻跟推理結合。科幻是通俗文學，要有閃光的點子，有驚人的想像，有精彩的故事，有曲折的情節，這些方面，葉永烈都做得特別好」。「葉永烈是真正的科幻大師，他主張想像力無禁區，他對未來是樂觀的……他的作品浸染着對社會問題的關切和思考，他是科幻現實主義的代表」。

葉永烈 11 歲開始發表作品，從科普作品到科幻文學，從紀實文學到傳記文學，最後轉向長篇都市小說創作，75 歲時，他放棄了自己擅長的非虛構敘述方式，轉向虛構文學長篇小說創作，3 年完成 135 萬字長篇小說「上海三部曲」《東方華爾街》、《海峽柔情》、《邂逅美麗》，於 2018 年出版。

1991 年葉永烈左眼視網膜脫落，手術效果不佳，視力很差，只能依賴 800 度近視的右眼寫作。但葉永烈沒有放棄，北京大學的「理工男」逼自己成了「IT 男」。翌年，他買了當時最新款的「286」電腦，成了首批換筆的中國作家之一。在他患病住院前，每每與他聯繫，發郵件，他秒回；發微信，他也秒回。他說：「寫作是一個很寂寞的工作，每天我大部分時間都在書房電腦前度過。一旦寫出新作品，寫出自己滿意的好作品，內心就有滿足感。」

在家，他的各種文稿、書信、照片、採訪錄音、筆記，作品剪報、評論等都分類保存。在創作生涯中，他有個階段從事當代重大政治題材紀實文學創作，積累了大量的檔案和口述歷史原始資料，形成相當規模的「葉永烈創作檔案」。2014 年起，他把這些採訪錄音、書信、手稿都無償捐給上海圖書館，總共捐贈了 60 箱。上海圖書館將這批文獻以「葉永烈專藏」名義予以收藏，其中 1,300 多盤採訪錄音帶已轉成數碼化保存。這是上海圖書館首次為在世的中國作家命名文獻捐贈專藏，2019 年 11 月曾展出部分手稿和物件。葉永烈生前曾跟我說，「我是歷史記錄者，所記錄的歷史不是屬於我的，因此全部捐給上海圖書館。我去世後，墓碑上就刻上：請到上海圖書館來找我」。

杜穎「追思會」改成「敘別會」

杜重遠被視為「傑出的愛國主義者和英勇的民主鬥士」，不過，這位曾經輝煌一時的歷史人物，現在記得他的或許不多了。他的一雙女兒，杜毅和杜穎，一生為伴，形影不離。在過去幾十年的風風雨雨中，她倆一輩子單身，姐妹情深，互相扶持，走到哪裏都挽手而行，不時有默契地交換一下眼神，一切盡在不言中。上海和香港素來群星薈萃，名流如雲，這對特殊而神秘的姐妹，走到哪都備受矚目，妝容靚麗，服飾考究，身形纖細瘦弱，說話軟言細語，從衣着髮型到皮鞋手袋，全都一模一樣：紅嘴唇、綠眼影、超短裙、高跟鞋……雖不是雙胞胎，但穿戴始終同色同款。讓人難以置信的是，她們的年齡早逾七旬，姐姐生於 1942 年 11 月，妹妹生於 1945 年 11 月。

2019 年 10 月 23 日早上 7 點，妹妹杜穎因病去世。11 月 29 日，杜穎敘別會在上海圖書館舉行，近 200 人與會向她敘別。姐姐杜毅說：「我送走了最後一個親人了。」杜穎出生於新疆監獄，生前始終沒見過她父親杜重遠。當年，新疆軍閥盛世才叛變革命，大批虐殺中共黨人和愛國人士，杜重遠先被軟禁，後被監禁，最後受盡酷刑，面對嚴刑逼供，他始終堅貞不屈，慘遭秘密殺害，被毀屍滅跡。

杜重遠原本是成功的實業家，不到而立之年就在瀋陽創辦當時中國最大的機器制瓷工廠「肇新窯業公司」。「九一八」事變後，他的「實業救國」夢想破滅，被迫離別故土，義無反顧投入抗日救亡時代洪流，他遠赴邊陲，從事教育工作。杜重遠是促使張學良與東北軍轉變的最初推動者，沒有他的穿針引線，「西安事變」不可能發生。在杜穎敘別會上，上海市人大常委會副主任沙海林說：「杜重遠不是共產黨員，卻自願接受共產黨領導；他不是共產黨員，卻在生死關頭幫助共產黨；他不是共產黨員，卻因為這個『罪名』而慘遭謀害。周恩來夫人鄧穎超曾回憶說：『杜重遠是黨的患難之交』。」習近平父親習仲勳也說：「杜重遠不是共產黨員，但是他一身正氣，剛直不阿……他是我們民族的驕傲」。

據杜毅回憶說，在新疆監獄，杜穎生下來還不到兩分鐘，媽媽昏厥。軍閥盛世才的殺手將杜穎扔到窗外，零下 46 度的大雪中，幸有白俄助產士冒死搶回，捂在胸口。許久，才聽到杜穎的哭聲。盛世才不僅殺害了杜重遠，還將當時無藥可救的結核病傳染給年幼的杜氏姐妹，杜穎尚在襁褓中，受害最深。在她成長的歲月裏，疑難險症頻發，在時任國務院總理周恩來關照下，挽回了生命。在她以後的人生中，多種疾病相繼纏身。

改革開放初期，1989 年「六四事件」後，西方國家與中國關係緊張，時任中共最高領導人鄧小平多番號召「引進外資和高科技，投建國內大型基礎設施」。杜氏姐妹響應鄧小平號召，為國內大型基礎設施建設引進外資及先進技術管理。當時她們母親正處第二個癌症晚期，姐姐日夜留守醫院。杜穎又出現腎功能不全症狀，但她抱病移居香港，開辦諮詢公司，尋找父親海外舊友和在英國、美國頗具實力的兩位銀行家姨父。她們引入世界五百強前十名的大財團，成功投建上海「大場自來水廠」、江蘇火力發電廠、山東清潔能源等項目，累計引進 100 多億美元。這些都是當年被喻為「第一個吃螃蟹」的特大項目。杜穎一再抱病往返奔波在國際航班上，幾次發病，暈厥機艙。時任國務院副總理吳儀事後知悉，慨嘆道：「如此帶病拼搏，杜穎有烈士風範。」

杜穎心存點滴回饋社會，遵照母訓，引進外資，每建成一座基礎設施，杜穎便將公司所獲諮詢費的一半，投向社會公益事業：她捐助過蘇州河環境綜合治理、幫助沒錢上大學、沒錢治病的困難家庭、在上海位育中學建立「愛國主義音樂教育基地」⋯⋯中共中央總書記習近平說：「令尊對國家、民族之貢獻，令人景仰。兩位大姐雖久病在身，仍積極為祖國建設添磚加瓦，拳拳赤子之心可鑒。見照如晤，尚請珍重身體，節勞為盼。」她們的母親侯御之被朋友們稱之為「才貌超群」，是中國著名法學家，曾任兩屆全國政協委員。上世紀八十年代初她患晚期肺癌，時任中共總書記胡耀邦批示說：「像杜重遠這樣的遺孀，已沒有幾位，請務必醫救。」1998 年，侯御之在上海去世，終年 86 歲。

杜毅曾在上海外貿局工作，後赴香港創辦遠源國際有限公司，與杜穎創辦香港杜氏貿易有限公司。杜毅曾致函中央高層，希望將上海淮海中路上的父親杜重遠故居改成一座主題圖書館「重遠圖書館」，以實現她們媽媽的遺願。杜毅說，「那個清晨，小妹就這樣驟然離去。小妹最後一次住院期間，一直面帶微笑，她笑對死亡，感恩而歸。我把『追思會』改成『敘別會』。我會盡力走出喪親的陰影，枯木迎春萌新綠」。

「文革餘孽」聶元梓委屈辯解

當年「文化革命」造反派五大領袖之一的北京大學聶元梓，於2019年8月28日上午10點55分病逝廣安門醫院，享年98歲。據她家人透露，聶元梓因肺部感染，19日入住廣安門醫院搶救。聶元梓生前早有遺言，要將遺體捐獻醫院，家屬也表示要為她完成遺願，不過老人這個遺願最終沒能如願。30日上午僅有家人與幾位親友告別聶元梓，11時遺體即由醫院直送八寶山火化，化作一縷青煙。未舉行任何儀式，火化時不能有她名字，不能有花圈，經聶兒子一再爭取，最後僅被允許擺放家人送的花圈。她去世後，當局要求迅即火化，消息突然，也就沒有送別的人趕去了。

聶元梓去世當天，紅色參考主編陳洪濤寫了一篇題為《98歲的文革造反派五大領袖之一聶元梓今日逝世》的文章，刊登在「造二代」公眾號上。此文傳播迅疾，短短幾小時點擊量就達30多萬，不過也迅速遭到當局有關部門封號，就連網上的轉載也被刪除一空。作者說，「不就是告訴大家一個98歲老人去世的消息嗎？不就是簡單介紹了一下這個老人的生平過往嗎？至於這麼緊張嗎？說好的那好幾個自信呢？怎麼一遇到『文革餘孽』就顯得那麼虛弱那麼恐慌那麼如臨深淵呢？」

聶元梓是研究和書寫文化大革命歷史繞不開的人物。2017年10月，她的40多萬言自傳《我在文革漩渦中——聶元梓回憶錄》（下稱《回憶錄》），在香港由中國文革歷史出版社出版，引發話題。11月9日，垂垂老矣的她在北京家中接受我獨家專訪，她當時披露說，1967年夏末，她曾經想從深圳游泳偷渡去香港，她當時感受到文革的發展已超出她原先的想像，文革造成的可怕後果令她始料未及。那天，她說話中氣仍足，字正腔圓，不過，她耳背眼矇，四肢乏力，記憶力已嚴重衰退。她說，有些人早就想要她死，但她要爭取活到100歲，氣死那些人。她身旁放着一疊書，最上面那本是30多萬字的《珍寶島自衛反擊戰紀實》。她依然愛讀書看報。聶元梓當時說：「我身體一般，主要是年紀太大了，有些事情記不太清楚了，有些事情現在也做不了評論了。」

聶元梓逝世翌日，中國文革歷史出版社董事長敖本立對我說，「文革運動初期的那兩年，在周恩來與中央文革小組成員經常接見群眾組織代表時，我常見到聶元梓，也只是打個招呼，偶爾說上幾句，沒有交往交流。記得已是2002年，作家師東兵承諾，要為聶元梓拍攝一部記實片，擬名為《一個布爾什維克的悲劇》，為此邀她到了深圳。這樣我有機會再一次見到聶元梓，請她和陪她來深的兒子大胖吃了一頓飯。以後到北京，也多次去拜訪她，談談往事。2010 年，我和朋友在香港註冊成立中國文革歷史出版有限公司後，見到聶元梓時，她多次表示，希望我幫她出版她自己重新修訂增補編寫的《回憶錄》。種種原因，這本書直到 2017 年 10 月才在香港出版發行。聶元梓見到樣書很是高興」。

敖本立說：「中國 1927 年到 1976 年這段時間的歷史進程，是由毛澤東一生幹的兩件大事，一是幹了新民主主義革命，二是幹了社會主義革命，而主導前行的。生活在這個年代的聶元梓，其個人命運是與這兩大革命的歷史潮流緊密相連的。當 1966 年 6 月 1 日，毛澤東決定廣播由聶元梓牽頭的大字報時，她的命運已是無法與毛澤東決心要幹的事切割分離了。」

敖本立說，「聶元梓感到冤屈，要為自己辯解。《回憶錄》反映了她的這種情緒，但也真實記錄了她和她領導下的北大文革運動的種種史實。文革中毛澤東已對聶元梓失望，文革後聶元梓對毛澤東不滿。要研究探討個中原因，要研究文革歷史，聶元梓的這本《回憶錄》，應是不可缺失的基本史料之一。由此，我想，我們在香港做出版有關文革歷史的書，留下這段歷史的史料，應是有意義的一件事，還得做下去」。

2018 年 5 月，聶元梓不慎摔跤導致骨折，此後一直臥牀入院，後出院靜養。不久她發燒不退，再次入院治療。院方曾通知家人有不能治癒的思想準備。不過，聶元梓生命力強，終於又安全度過，出院回到家中，頭腦清醒，談吐如常。

聶元梓生於 1921 年 4 月 5 日，河南省滑縣留固鎮西尖莊人。1938 年加入中共，翌年被選送延安學習和工作。1946 年她被派往東北工作，1963 年調入北京大學，任經濟系副主任，翌年調任北大哲學系黨總支書記。1966 年 5 月 25 日，聶元梓與北大哲學系另外 6 位教師在北大食堂貼出《宋碩、陸平、彭珮雲在文化革命中究竟幹些什麼？》的大字報，被毛澤東稱譽為「全國第一張馬列主義大字報」，並批准在 6 月 1 日向全國廣播，翌日《人民日報》以《第一張馬列主義大字報》為標題全文發表。原中共中央副主席、原政治局常委康生，當日親至北大盛讚其為「巴黎公社式的宣言」，引起全國反響。

此後，聶元梓當選北大校文革主任、北京市革委會副主任、首都大專院校紅衛兵代表大會核心組組長，在中共「九大」當選中央候補委員。在這個時期，她和清華大學的蒯大富、北京航空航天大學的韓愛晶、北京師範大學的譚厚蘭、北京地質學院的王大賓等 5 人多次受毛澤東、總理周恩來以及中央文革小組接見，因此被稱為「文革造反派五大領袖」。1971 年初，聶元梓曾被隔離審查。兩年後她被下放在北京新華印刷廠、北大儀錶廠勞動。文革結束後，聶元梓於1978年4月被捕入獄，1983年3月被北京市中級法院以反革命宣傳煽動罪、誣告陷害罪判刑17年，剝奪政治權利4年。當時，聶元梓已57歲。1984年6月聶元梓獲准保外就醫，1986年10月16日獲假釋。

她是「三八式」老幹部，屬於高幹級別。按中央政策規定，判刑出獄後應由原單位給予生活出路，但她卻在此後十幾年中，一無生活費，二無醫藥費，三無住房。原來的工作單位，不管是北大，還是北京市都拒絕接收她。聶元梓那時曾經借住在朋友一間6平米的小房子裏，生活一度困苦到去菜市場撿人家丟棄的菜葉子充饑的程度。聶元梓後來回憶這段日子時，曾笑談自己「到處流浪，住在學生、親戚家，所有關係都住過了。都是社會上認識或不認識的人給我錢，才活下來」。

直到1997年鄧小平去世後，經多方奔走反映，從1998年開始，北京市民政局才每個月給聶元梓600元人民幣的生活救濟款，後逐年遞增。1999年，她獲得醫保。2006年4月，北京市民政局才給她提供一套免費借住的小兩居房子，晚年生活開始穩定。

聶元梓於1945年在延安時期與吳宏毅結婚，吳宏毅曾任哈爾濱副市長。但兩人於1959年離婚，聶元梓獨自帶着三個孩子生活。1966年1月，聶元梓與時任中共中央監察委員會常委的老紅軍吳溉之結婚，這段婚姻僅維持不到一年，因吳溉之受到一起政治事件牽連，聶元梓接受組織建議，與其離婚。此後，她一直獨身終老。

文革造反派五大領袖中的北京地質學院王大賓，於兩個月前的 6 月 26 日在成都病逝，享年 78 歲。北京師範大學譚厚蘭早於 1982 年在保外就醫中病逝，時年 45 歲。至此，五大領袖還有清華大學蒯大富和北京航空航天大學韓愛晶，現都在深圳生活。聶元梓人生如坐上政治「過山車」，命運起伏跌宕，一生坎坷沉浮，功過歷史評說。

蒯大富撒下拐杖碰地的「篤篤」聲

蒯大富是誰？沒經歷過文化革命的，或許都沒聽過這個名字。「蒯大富」是一個擺脫不了的歷史時期的一個印記。一個經歷了「政治過山車」的名人，回歸之路則濃縮改革開放以來的現實。

先說個簡介。蒯大富，74 歲，1967 屆清華大學工程化學系學生，在「文革」中，他和北京大學的聶元梓、北京航空學院的韓愛晶、北京師範大學的譚厚蘭和北京地質學院的王大賓，統稱為北京高校學生造反派的五大領袖，領導、參與文革初期的一系列造反活動。文革後被判有期徒刑 17 年，先後被關押在北京監獄和青海共和縣塘格木監獄，1987 年 10 月被釋放，回青銅峽鋁廠工作。1988 年 8 月，蒯大富與比他小十五六歲的北京大學七八級學生羅曉波在南京登記結婚，後育有一女。上世紀九十年代，他先後在山東、北京、江蘇等地任職多家公司，後落腳深圳經商。

他近期成為網絡熱點人物，事緣有「熱心人」去深圳看望蒯大富後，在網絡上寫了數百字，掀起一股被蒯大富家人視為的「網絡暴力」，說「很蒼老」的蒯大富住的養老院「環境很一般⋯⋯民間要排隊 10 年方可進入，只是收費便宜，連伙食費每月1,800元（人民幣）」，「中午在那裏吃了一份午餐，售價8元，我一半都吃不下去」，「老蒯在那裏住了7年，要是我一天都住不下去」，「那三樓單人房間裏髒得一塌糊塗，地上放着抓鼠的膠紙」。

在網絡上，還有人說，「當年，因蒯大富自身政治原因，深圳不批准他落戶。10多年前，為了能落戶深圳，蒯與羅曉波假離婚，辦理離婚手續以後，羅曉波和女兒順利落戶深圳。深圳市戶籍辦好後，羅曉波卻不願復婚，也不再照顧蒯大富。老婆背叛了他，戰友遠離了他，他決定去養老院，至今已在養老院呆了7個年頭」，「蒯前半生因政治遭難，被判刑17年，沒想到他的後半輩子又因少妻遭了難，要在養老院裏度過餘生」，「蒯大富活得夠狼狽的，老了老了，工資社保無着，老婆離婚，3次中風，貧病寂寞，潦倒在敬老院。堂堂欽定御封的『五大領袖』，到此地步不勝欷歔。反過來想想，當年黨中央選出的、憲法規定的『國家主席』、『唯一的副統帥』，哪個不比蒯兄更慘？知足吧，誰讓我們生活在這個浮沉不能自主的蹉跎歲月」……

12月6日，約定去寶馨頤養園探訪蒯大富。在朋友陪同下，我們從深圳高鐵福田站驅車一個多小時抵達寶安區107國道旁的頤養園。一個時期來，想採訪他的境外記者很多，但都難以如願。這是廣東省特級養老院，民政局辦的集療養、醫療、保健於一體的園林式養老機構。大院正門除了「寶馨頤養院」外，還懸掛着「寶安區社會福利中心」的匾牌。坐車進大門，被安保攔下，再三詢問，安保回警衛室電話請示，再度出來，要填寫資料，最終放行。據說以前進出寬鬆，就是這次網絡負面議論流傳甚廣，給頤養園帶來壓力。

走進頤養樓，門邊上懸掛着不少住客家屬贈送的感謝牌匾，上書「愛老如親人，精心護理真」等。坐電梯，達三樓，312 房。敲門，沒回應，喊「老蒯」，也沒回應。房門半掩，推門進入，不見人影。玻璃窗和門，有白簾布遮住，房間裏暗暗的，乍一看，桌上、地上、座椅上，堆着雜物，顯得有點凌亂。於是退出房間下樓尋找他。在庭院閒逛，一樓有大廳、舞台、涼亭、功能室，一睹亭閣樹叢，環境寧靜雅緻。沒找到他，又回到他房裏，不一會兒，他拄着拐杖踱步回來了。

他比照片中模樣胖多了，紅光滿面，話音洪亮。他中風 4 次，恢復得還不錯，只是行走會癲，說話吐音不太清晰。他坐下沒聊幾句，便從電腦桌邊的包裹拿出兩本書《清華蒯大富》，書上作者署名「許愛晶」，其實就是韓愛晶，中國文革歷史出版社出版。像磚頭般厚厚的《清華蒯大富》一書，530 頁，2011 年在清華百年校慶時於香港出版的，在香港銷售了 2,000 本。蒯大富在書的扉頁，用鋼筆寫上 :「此書是我與朋友合作寫成，請批評指正。蒯大富，於深圳。」

聊天是從近日網上的傳言說起的。蒯大富說，「網絡上關於我的不實微信到處傳播，已嚴重影響我的家庭以及我的日常生活，並給我所在的寶安區社會福利中心造成不良社會影響」。他是 2012 年 2 月入住這裏的。他說：「當時，是我多次腦梗病情最嚴重的時候，入住後，在院裏領導、醫生、護士精心護理下，我的病情逐漸穩定並好轉。7 年來，我已從行動不便，到現在每天自己行走 5,000 步、活動 3 小時。喝水睡覺走路唱歌，這四樣事保證我的身體健健康康的。平日還下下象棋，我是整個養老院最年輕的。我在福利中心住獨立房間，設施齊全，每天有人打掃衛生，整理房間，還幫我洗衣服、洗被褥。我早上 6 點起，晚上 10 點睡，下午也睡一覺，睡半個小時。」

蒯大富說，「我有完全自理能力，外人看我房間，確實顯得散亂，那是我自己的生活習慣，與任何人無關。網上對養老院的描述罔顧事實，如果養老院真如他們說的那樣不堪，我不可能有現在的身體。」看到他桌上的電腦，問他還上不上網，他說，以前經常上網，但這兩年少了，每天手機看微信都看不完。他的微信朋友多達 3,581 個。

他說：「關於我的家庭，網絡上說的也是惡意造謠。我家庭的戶籍關係是由各種原因造成的，不存在各種傳言中所說的狀況。我生病之後，羅曉波陪我到處尋醫問藥。經過對症的治療和養老院的靜養生活，我的病情逐年好轉，這就是最好的證明。我中風前，200 斤體重，半夜裏中風，你讓她一個女人怎麼送我去醫院搶救？我都 13 次住醫院了。住在養老院比住在家裏好多了，在家老婆也基本不管我，家裏吃飯基本叫外賣。現在，她每個月來看我一兩次，她住在深圳華僑城。她每年都陪我去參加清華大學校慶，在北京住一個月。夏天陪我去貴州和昆明住兩個月。」

他說，「以前我每天中午都喝半兩白酒，晚上喝更多，又愛吃肥肉，所以腦梗了 4 次。我身體問題主要是腦血栓，人平衡不好，容易摔跤」。他倆婚後的歲月顛簸流離、艱難謀生。到深圳後的孩子入學、蒯進戶口、補辦社保醫保，這些普通人垂手可得的，對他們而言都是一場「戰役」。每個家庭都有一本難念的經。他女兒在葡萄牙讀了碩士，目前還在英國讀博士，今年 30 歲，未婚。她在北京中國傳媒大學畢業後到澳門工作，任職澳門電視台主持人和澳門一份報紙的副主編。他說，孩子對他不錯，只是話常常談不到一塊兒，畢竟兩代人。

他 65 歲那一年，終於成了社保受益者，第 4 次中風後，在市政府特批下享受了社保醫療和退休金。他和羅曉波二人退休金有 7,000 多元人民幣。他們有三套房子，一套在深圳香蜜路；一套在深圳彩田路崗廈那裏，靠近中心區，買的是辦公樓；還有一套在世界之窗華僑城那裏，現在的住房。上世紀九十年代，他經商也算是成功的，做銷售，很多客戶都看他的面子和名聲。他最初是在山東煙台做化工產品，但不是太理想。當時清華大學的校友邀請他去北京工作，他一去，前國家主席劉少奇夫人王光美聽說了就有意見，說「蒯大富都來北京了，我們還可以去哪裏？」後來當局就把他趕出北京了，當年文革紅人戚本禹又介紹他去南京工作。最後他落腳深圳，經商 13 年。一位清華校友在此從事家庭影院業務，蒯大富就幫忙銷售業務，真正的「第一桶金」就是這時賺的。他賺了錢就買房子。

蒯大富說，「《清華蒯大富》這本書已經幾乎把我的經歷全寫了，韓愛晶採訪了我一個月。我要活到 99 歲，聶元梓都活到 98 歲，我肯定要超過她。2018 年 5 月我還去北京她家看望她」。蒯大富的電腦和相冊裏，保存了他過去的記憶。他遞給記者兩本小相冊，以黑白翻印的照片為多，都是當年文革時期與他有關的照片。

問他，在文化大革命中，他見過毛澤東幾次？蒯大富不假思索說，「遠遠地見過，或者拉一下手那種，加起來一共見過 14 次。坐下來談話就一次，是『7．28』那一次」。問他，對毛澤東整體印象如何。蒯大富說：「只要你走到他面前，他就像是一座高山，就是一座神，我當時 22 歲，還在讀大三，我們當時就是那個感覺。」

據悉，中共前領導人毛澤東在談話中提及蒯大富的，目前有記錄可查到的至少有11次。1966年7月28日，毛澤東說：「明天北京市召開文化革命積極份子大會，持有不同意見的人也可以參加嘛，比如說清華大學的蒯大富。」1969年4月5日，中共九大期間一次會上，毛澤東談落實政策問題，說：「蒯大富下放以後，表現不錯嘛。」……

談到毛澤東，蒯大富說，「毛澤東肯定是正確的，我家是貧農，毛澤東讓我們窮人翻身了。文革沒錯，有缺點，就是他搞得太晚了，來不及了。現在抓了這麼多貪污份子，證明無產階級專政繼續革命沒錯。毛澤東比我們看得遠50年。現在的嚴重腐敗事實說明資產階級就在共產黨內，和資產階級結盟推動改革開放，這是鄧小平搞的。現在習近平全力反腐敗、攻堅扶貧，都搞得有聲有色」。

蒯大富說：「毛澤東是中華民族空前的民族英雄，沒有一個人超過毛澤東。沒有毛澤東就沒有共產黨，沒有共產黨就沒有新中國。中國人像現在這樣能和美國人平起平坐，在世界上有發言權，全是毛澤東打下來的。有一種說法說文革把中國搞到經濟崩潰的邊緣，那純粹是胡說。中國經濟有現在的發展，也都是毛澤東打下基礎。新中國成立20幾年，到1976年基本建成工業化體系，前蘇聯援建的156個項目大體完成，還有兩彈一星、人工合成胰島素，這是世界見證的高科技水準。農業在文革中10年豐收，中國在文革時加入聯合國……毛澤東讓人敬佩的是不怕邪、不怕惡。美國人厲害，但是我不管付出多大犧牲，我都和你幹，非把你打痛了不可。要想在中國人民心目中清除毛澤東影響，那是不可能的。」

他談興頗濃。午餐時間，引他前往寶安區福永大道寶利來國際酒店南粵軒中餐廳，那是他與友人常去的餐廳。他拄着拐杖，可謂「疾步如飛」，他說，步伐快，身體就能平衡，就像騎車慢反而容易摔倒。一路上，撒下他的拐杖碰地的「篤篤」聲……

回首江湖舊夢：陳慎芝的「追龍」人生

香港佐敦西貢街，有着 40 年歷史的「適香園茶餐廳」。下午 3 時，未到用餐高峰期，食客稀疏。餐廳正中間面向門口的第三張枱，「華哥」陳慎芝和兩位朋友端坐着喝茶。這是他的「專座」。「茅躉華」陳慎芝，就是當年黃大仙區著名的青少年朋黨組織「慈雲山十三太保」之首。這間只有一個檔口不起眼的茶餐廳，被譽為「明星食堂」，門外張貼着各路明星在此的留影。當年黑道好在茶餐廳辦事。「適香園」有着「茅躉華辦公室」之稱，這裏曾經是陳慎芝解決槍殺、打架等各種黑幫奇難雜症的場所。陳慎芝，上世紀六十年代曾是名震一方的黑社會大佬，後接受福音戒毒，成為香港 10 大傑出青年。此後，「適香園」由「江湖法庭」變為他談生意、會朋友的一方「地盤」。

陳慎芝相約在此訪談，還有一個原因，即離他「小弟」李兆基所住的醫院步行僅 10 分鐘。他曾幾次看錶，提起「5 點多要去看基仔」，還作無奈狀笑道，「他什麼都吃不下了，偏偏煙還能抽，你說氣不氣人」。當晚，陳慎芝傳來他與病榻上的李兆基的握手照。李手已發白，失去知覺。69 歲李兆基，綽號「高飛」，人稱「基哥」，當年在大哥陳慎芝幫助下，成功脫離黑道，並簽入香港無線電視台任編導、演員，擅長扮演惡人角色。這位「慈雲山十三太保」主要成員，以心狠手辣出名，是香港電影圈「四大惡人」之一。李兆基晚年患癌病而生活艱辛，靠當年黑幫兄弟接濟度日。3 個月前，李兆基與拍拖超過 20 年的女友邱巧貞成婚，惜於 6 月 2 日因肝癌離世。

「我今天特意帶了這個錶出來」，陳慎芝展示着配戴 40 多年，因年久氧化，錶盤已呈奶油面的手錶。同樣有着 40 年歷史，與手錶「很相襯」的，是挨着他手錶處，一條近 8 厘米的刀疤痕。當年陳慎芝在這間茶餐廳飲茶時，突然有 6 個人拿着牛肉刀砍向他，他下意識伸手擋了一刀後跑到後廚，所幸是砧板上的菜刀救了他。「當時還砍到了耳後，醫生說我很幸運，再深一點就到大動脈了。」事隔多年，陳慎芝在講起最令他害怕的一個瞬間時，尚還能感受到他的膽顫。此後，陳慎芝養成了在適香園只坐「專座」的習慣，以便他眼觀六路、耳聽八方。

與「華哥」的話題始於 6 月 6 日香港上映的《追龍 II：賊王》。故事以回歸前的一代賊王、被喻為「世紀悍匪」的張子強生平改編，集合梁家輝、古天樂、林家棟、任達華四大影帝主演。華哥是《追龍》顧問和監製，用他的話說，拍攝過程中很多現實世界黑道上的事，由他出面搞定。

《追龍》中，由劉德華飾演的雷洛，在逃亡加拿大前，特意來到跛豪家中。跛豪將瘸腿往茶几上一甩，因幫派鬥爭而喪生的兄弟，二人旋即上升到槍口相對。然而，就在跛豪妻子出現的瞬間，雷洛立馬收起飛舞的神色，企定、低頭，向阿嫂問好。這一幕，成為一眾九龍城寨槍戰、白粉交易以及幫派血腥之爭鏡頭中的一大記憶點與亮點，為激戰充斥的鏡頭注入了人情底色。這一情節設計正是出自於陳慎芝。「怎麼吵架都好，阿嫂永遠大三級，不要在阿嫂面前吵架」，用他的話來說，這便是黑幫的規矩。講起深有感觸的這一場戲，陳慎芝離開座位，扮起了雷洛，指着身邊的人，壓低聲音說起了戲中劉德華的台詞「你今晚讓我好惱！」可見雷洛當時已是怒火中燒，一觸在即的大戰最終熄滅於大嫂讓跛豪上樓哄孩子睡覺。

女性一直都是黑幫片中特別而不可或缺的存在，她們或是龍爭虎鬥下的犧牲品，或是性交易中的棋子，是暗黑中的一抹邪魅，又是男人的盔甲和最後一根稻草。陳慎芝對女性的尊重與保護的態度，盡顯於影片。《毒。誡》中，以陳慎芝為原型人物的陳華，尚為少年時即言「我不打女人」。

「這是我自己的故事」，陳慎芝說道。《追龍》中，跛豪堅決不肯賣毒品給四眼仔。這一設計便是源自陳慎芝當年在慈雲山時，從不賣白粉給面生後生仔的原則，稱「我們出來混的，要有底線」，縱橫黑白兩道逾40年，陳慎芝自有他不可僭越的做人底線，因而不管是由他擔任顧問參與製作的《追龍》，還是以他為原型改編的《毒。誡》，都能看到他的一而貫之地將他對青年人的勸戒、對女性的尊重，與情節和台詞、旁白融為一體。

自2017年擔任《追龍》顧問，助力影片僅內地收5.77億元人民幣票房與好評，陳慎芝再任《追龍II：賊王》顧問。從黑白兩道、毒梟與5億探長的故事，到靈感來源於真實案件的20億港元綁架案，王晶再次行改編經典真實故事的路線，打造追龍IP，延續他「把『追龍』製作成一個由真實案件改編而成的電影系列」的目標。

港片中所描繪的充滿恩怨仇殺和兄弟義氣的江湖世界，令人膽怯又嚮往。觀眾看來，電影裏氣勢洶洶的場景似是編劇虛構的，但其實這其中有不少影片是改編自真實案件，「世紀悍匪」張子強便是改編名錄上的「常客」。綽號「大富豪」的張子強，在當時被稱為「世紀賊王」，曾被視為威脅香港治安的頭號危險人物。他曾策劃綁架過李嘉誠長子李澤鉅和香港富豪郭炳湘，獲得數億港元贖金，金額之高曾錄入吉尼斯世界紀錄，還策劃綁架澳門著名富豪何鴻燊，但被警方識破未遂。電影《追龍 II：賊王》的創作靈感來源便是來自於這個令整個香港聞風喪膽的「世紀大案」。

過去以張子強綁架案為原型的電影不下少數，而這次的《追龍 II：賊王》更着重於張子強本身的人物個性，講述大時代背景下悍匪梟雄的命運。為了最大程度地改編真實案件，瞭解作案細節，導演王晶以及顧問陳慎芝專門採訪了張子強犯罪團夥中的成員，以陳慎芝對黑社會文化的認識、處理事物的模式和手段等詳細的瞭解，加上其小弟的小弟便是張子強的結拜兄弟這一層關係，《追龍 II：賊王》劇組在電影中揭秘了一個更為真實的「世紀悍匪」，展示了以張子強為首的犯罪團夥綁架香港富豪及被抓的過程。

「古惑仔不是這麼威」，因認為古惑仔對年輕人有不好的影響，陳慎芝再三澄清他主要做警匪片的顧問，包括《四大探長》、《廉政一擊》、《同黨》、《跛豪》、《雷洛》等。他坦言，跛豪就是毒販，「有很多人一邊做壞事，又一邊捐錢，這個我認為是不合適的」，對這種安慰自己良心的假意之舉他不以為然。因此他也再三強調，警匪片中有些誇張的情節是處於劇情需要和藝術創作，「電影是創作的，有好的意識，也有不好的意識，有些東西不要跟着學」。為了證明自己的觀點，陳慎芝還拿自己的真實愛情與《毒。誡》做比較，「我的愛情哪有那麼浪漫啊」，並打趣說，「還有現實中打架哪有那麼長時間，《十三太保》戲中打鬥了兩分鐘，我們都是打幾下就走啦，因為警察來了」。

「當初我只是想做好人，幫自己的，但是沒想到幫了很多人。」正是憑藉着跨越黑白兩道、吸毒到成功戒毒、由墮落到轉身的兩極人生經歷，以及多年來將人生底線奉行於藝術創作，陳慎芝一直受影視圈青睞，邀約不斷。近期，籌了1億港元準備開拍的由黃建光創作的《屠毒》，找到陳慎芝，請他做顧問，陳慎芝拿手比了比，笑道：「給了我一本很厚的書，我到現在還不敢看。」

「追龍」在香港俚語中，意為吸毒。陳進一步解釋道，吸食白粉主要有兩種方法，追龍和打針。如今有個俗語「十五二十」用以形容因吸毒坐牢，「指吸毒最少關十五二十年」。年輕人吸毒，令陳慎芝更為痛心，「青年人被抓了，不只是你坐監，是你的親人朋友陪你一起坐牢，所有人心都在牽掛你」。在陳慎芝看來，近朱者赤、近墨者黑，「我幫很多人，但我如果知道他販賣毒品，好友歸好友，我會保持距離」。

雖名為「茅躉華」，但私底下的陳慎芝實則一點都不「茅」。和香港電影中凶神惡煞的黑幫老大形象截然不同，如今的陳慎芝平易近人，又風趣幽默，沉澱出歷經腥風血雨後獨有的澹然與胸襟。陳慎芝很信奉一句話：謙卑世界自然大，自大世界自然小。「我不會用很權威的姿態對人」，陳慎芝笑着說，「我是用笑話去講一些正面的話，不會很嚴肅的」。提及此，他想起了自己探監時候的笑話。在探監時陳慎芝曾勸導牢犯們守規矩，「長短褲」一下子就過了。結果牢犯們回應說：「華哥，我們這裏不是長短褲，是『世界盃』，我看了8屆還沒走。」陳慎芝這才意識到原來這些犯人被判無期徒刑，他將其戲稱為得了「終身成就獎」。

正如劉國昌導演解《毒。誡》影片名，陳慎芝的前半生是「毒」，後半生為「誡」，中間的句號，表明陳慎芝涇渭分明的兩段人生，也預示他的「追龍」生涯就像句號一樣，在他的人生中早已終止。如他自己所說，他這一生主要做兩件事，墮落和覺醒。近年來，毒品這頭巨獸持續在兩岸三地蔓延、肆虐，一邊是政商演藝界等公眾人物陷入毒品沼澤所帶來的負面社會效應；一邊是不斷被曝光的在前線任務中犧牲的緝毒刑警。緝毒刑警們用生命為刃，以鮮血染戟，行走於刀刃上。在這一「掃毒打黑」的氛圍下，眾多關於禁毒的影視作品應運而生。

6月26日國際禁毒日臨近，吸毒販毒反毒品又成為熱議話題。在亞洲影視圈緝毒劇長盛不衰，不時推出新的類型片，其故事多源於經典現實案件而最大程度發揮了「真實」的魅力，同時又因取材地在風土人情、社會歷史上的不同，盡現迴異風格。香港黑幫犯罪片日趨成熟，毒品作為經常出現的一大因素，更牽扯出一系列複雜的影視主題：人性、慾望、道德等。從《警察故事》到《毒戰》，從《雷霆掃毒》到《使徒行者》，劇情跌宕起伏的「無間道」式講述，使得禁毒主題影片演繹得更為扣人心弦。

與此同時，在中國內地緝毒劇在近十年來的國產市場顯示出越來越強的競爭力。近期熱門的國產電視劇《破冰行動》於 5 月 30 日劇終。從 2004 年的《生死臥底》、2014 年的《湄公河大案》、2016 年的《餘罪》、2018 年的《獵毒人》，再到如今的《破冰行動》，除了實案改編，內地緝毒劇更凸現了在高成本、大製作的拍攝模式之下，實力派演員雲集的特點。談到緝毒劇，華哥說，「內地和香港的緝毒劇走紅，顯示全社會在掃毒上的決心，身為中國人，不只是我，是所有人都應全力支持及響應，每個人都是禁毒先鋒，向毒品宣戰」。

李兆基的故事都在慈雲山

香港慈雲山又現風雲。7 月 9 日晚上 7 時半，外號「高飛」的李兆基「基哥」，安息禮拜在同區鑽石山殯儀館永德堂舉行。他是上世紀七十年代黑道童黨組織「慈雲山十三太保」重要成員，迷途知返後成了禁毒英雄。慈雲山是他成長和生活過的地方，也是他最有故事的地方。殯儀館門前台階上一排排擺滿送別他的花圈，兩隻一大一小的黑色蝴蝶，在花圈上下撲騰繚繞，時而停留在花圈上，似乎不願離去。翌日，大殮禮後，辭靈出殯靈柩奉移鑽石山火化場火化，他肚皮上的眼鏡蛇紋身，也隨着他的魂魄飄逸天國。

李兆基的大哥陳慎芝「華哥」，上世紀六十年代曾是「慈雲山十三太保」首領，名震一方的黑社會大佬，後接受福音戒毒，成為香港十大傑出青年。當年，基哥正是在華哥幫助下成功脫離黑道，並簽入香港無線電視台任編導、演員，擅長扮演惡人角色。基哥以心狠手辣出名，由於他的黑道外形和演技，與黃光亮、成奎安和何家駒三人並列為「香港影圈四大惡人」。

陳慎芝對我說，他和基哥都在慈雲山長大，「要讓他光彩地走，因為他也是禁毒英雄」。他唯有選擇慈雲山下的鑽石山殯儀館部署儀式，骨灰也安葬在鑽石山，「之所以間隔一個月才為基哥舉行葬禮，主要是想等鑽石山的火化爐排期，排到 7 月 10 日才有空」。

6 月 2 日下午 6 點半，李兆基因肝癌擴散至肺部搶救無效，在伊利沙伯醫院去世，終年 69 歲。李兆基的靈堂布置簡潔，橫匾寫上「主懷安息」四字，遺照選用其西裝照，中央擺放着遺孀邱巧貞（基嫂）送的粉紅心形花牌，身穿黑色素服的「基嫂」端站一側，難掩神情哀傷。3 位牧師和 18 位詩班祈禱、讀經、唱詩。陳慎芝告訴亞洲週刊，牧師和詩班均有戒毒經歷，想用這樣的方式來送別戒毒 40 多年的「禁毒戰士」李兆基。演藝界內如劉青雲夫婦、劉錫賢、劉偉強、香港演藝人協會、劉德華等送上花牌，到場致祭的有杜琪峰、韋家輝、黃秋生、劉偉強、徐錦江夫婦、海俊傑及羅家英等，也有不少黑道人士，果然如陳慎芝所言有「五湖四海奇珍怪獸」到。

在影視圈，李兆基出演不少惡人角色。現實生活中的基哥也有一段「古惑」人生。陳慎芝是基哥 60 年的好友和領路人，與李兆基 8 歲就在石硤尾認識，自小一起混黑道，先後染上毒癮、戒毒成功，60 多年來共同經歷了不少事情，電影《慈雲山十三太保》、《毒。誡》就取材自兩人的經歷。陳慎芝說，他戒毒前，李兆基勸他別搏命打針那麼急，「我記得人生最後一針是阿基幫我打，我打完之後就入了福音戒毒」，之後也勸基哥戒毒。「我曾和阿基說，走之前你要記住，你不是『道友』（吸毒者），而是一位禁毒戰士，是個沒吸毒 40 多年的好人」。

李兆基身形魁梧，又有一副滿臉坑凹的兇惡長相，在影片中常出演有勇無謀的黑社會小頭目，在《古惑仔》系列、《縱橫四海》、《掃毒》、《奪命金》等電影中均能看見他的身影。演「惡人」可以本色演出，將喜劇角色也演得出彩，如在周星馳電影《喜劇之王》、《行運一條龍》等電影中成為黃金配角，在《食神》中扮演充滿喜感的食檔老闆「鵝頭」令人印象深刻。除了演戲，李兆基還曾擔任監製、編劇、電影投資公司負責人，為電影《黑獄斷腸歌》做過兩首膾炙人口的插曲，可謂業界的多面手。

基哥長相凶惡但心地善良，又愛說話，有「吹水基」的花名，是個「可愛的惡人」。羅家英等圈中好友稱讚他人好又有義氣，對影壇貢獻很多。陳慎芝用歌曲《遠方斜陽路》來傳達心情：「是我背影已疲倦，罵我可愛亦殘酷」，他說基哥是很感性的人，「有一次我們去戒毒所探望，看見那些吸毒的年輕人，他當時哭了，說你們還那麼年輕。」

晚年的李兆基因二度中風無法工作，息影后的他不得不靠他人接濟生活。受病痛折磨身型暴瘦，且行動不便，需拄着拐杖出行。此後又罹患肝癌，原想放棄治療的他，在朋友苦勸之下入院切除腫瘤，在住院時他曾接受訪問，被問是否害怕，他說有什麼好怕的呢，當年在江湖上被幾支槍指着打都不怕。

人生最後的日子所幸有愛人和好友相伴，2019 年 3 月 8 日，李兆基與交往 30 年的女友邱巧貞終於成婚，陳慎芝任證婚人。5 月 30 日下午，陳慎芝到醫院探望時拍下兩人握手的照片，希望留下手握手的回憶，而不是記着好友被病痛折磨的痛苦樣子，可如今也只能感慨「一場弟兄，有今生，無來世。」在安息禮拜上，陳慎芝述說李兆基生平，藉他的經歷勸誡年輕人不要吸毒，因為很多人離世都是吸毒有後遺症，患上肺癌、肝癌，「到他們走的時候都問我，華哥你怎麼樣，我告訴他們不用擔心，能活着這麼多年已經是賺到了。」

星雲：讀書成了生命中的重要資糧

新冠肺炎疫情本身就是一部教科書。養生貴在養心，讀書須先靜心。讀書正是一種建立內在秩序的方式，是調整心態、克制焦慮的重要途徑，撇開喧囂，撥開冗務。過去一直不明白，「閉」字的門內，為何用一個「才」字，今天明白了，宅在家「門」裏，書讀多了，就有「才」了。宅家的這段日子，讀的時間最久的當數《星雲大師全集》的《主題演講集 3——宗教與體驗》。

大師在書中說，「1949 年……我來到了台灣，開始我弘法的工作。我最大的志願是以文字來弘法，因為文字超越時間、空間，透過文字的媒介，不止這個時代、這個區域的人可以接觸到偉大的思想，幾千年、幾萬年以後的人類，此星球、他星球的眾生，也可以從文字般若中體會實相般若的妙義。靠着文字的橋樑，今日我們得以承受古人的文化遺產；由於歷代高僧大德們的苦心結集、傳譯，今日我們才能飽嘗法海的美味」。

20 年來無數次拜見大師，幾乎每次都會聽他談寫書讀書。記得 2014 年 2 月，我和 3 位同事上佛光山，大師講故事，也談讀書。大師說過：「一個人肚子裏有了書，這個人就有了華光。我們必須讓自己成為發光體，才能與世界的燦亮接壤。」

星雲大師有「路上書」、「雲中書」、「牀頭書」、「衣袋書」。與書結下不解之緣的大師，自稱上了「讀書癮」，每天無論多忙碌，他總是善用零碎的時間閱讀，一日不讀書，他就覺得渾身不對勁。

記得大師說過，他生於揚州一個窮苦農村家庭，從小沒有見過學校，也沒有進過學校念書，連一張小學畢業證書都沒有，到了有書可以讀的時候，已經超過學齡；直到12歲那年，他在棲霞山剃度後進入棲霞律學院就讀，「讀書成了我生命中的重要資糧。假如說我不讀書，現在的情況實在很難想像」。「因為對讀書的渴望，我向常住爭取管理圖書館的工作，藉由整理書籍的機會，可以閱覽群書；甚至夜晚熄燈後，我還躲在棉被裏點着線香偷偷看書」……他一生就希望成全別人讀書，也因此，他從小學校長做起，後來辦幼稚園、創辦佛教學院、小學、初中、高中，乃至在澳洲、美國、菲律賓及台灣創辦5所大學，目的就是希望讓眾生來讀書。

這部《宗教與體驗》是演講集，講的是〈佛教各宗派修持方法〉、〈當代人修持的態度〉、〈奇人的修證〉、〈佛陀的宗教體驗〉、〈阿羅漢的宗教體驗〉、〈菩薩的宗教體驗〉、〈我的宗教體驗〉、〈談迷說悟〉、〈佛教的懺悔主義〉、〈佛教的慈悲主義〉、〈佛教對心識的看法〉、〈從心的動態到心的靜態〉。大師行文有兩大特點，一是引經據典，二是講故事多。

僅僅在〈佛教各宗派修持方法〉這一章，大師就引用《華嚴經》、《百論》、《十二門論》、《中論》、《阿含經》、《方等經》、《阿彌陀經》、《藥師經》、《維摩詰經》、《般若經》、《法華經》、《涅槃經》、《人法界品》、《解深密經》、《圓覺經》、《大寶積經》、《楞伽經》、《金剛經》、《大品般若經》、《華嚴探玄記》、《大乘莊嚴寶王經》、《十誦律》、《四分律》、《五分律》、《摩訶僧祇律》、《明了論》、《薩婆多論》、《善見論》、《摩得勒伽論》、《毗尼母論》、《六祖壇經》、《唯識三十論》、《唯識二十論》、《攝大乘論》、《成唯識論》、《瑜珈師地論》、《大智度論》、《藥王品》、《摩訶止觀》、《釋禪波羅蜜次第禪門》、《般舟三昧經》、《妙法蓮華經》……令人震撼，細細想想，大師一生要讀多少經典。

當今新冠肺炎疫情下，不少人憋在家幾個月，時間富裕了，周遭清淨了，人求索世界的本能又湧動起來，很多人感嘆：又重新看上了書，找回手不釋卷的感覺。說起來，文字這東西，真是奇妙，帶着誘人的香氣。不同的排列組合，總會生發無限生機，無限趣味。現代醫學研究證明，「中外書籍都是由規範的文字元號排列，白紙黑字，間距分明，具有一定的節律性。人在閱讀時，透過雙眼的視神經，傳導到大腦的視覺中樞，使全身的組織細胞產生共振現象，令人體生物節律趨向和諧整齊，激發生物潛能」。都說生命在於運動，按摩有利健康，讀書也是一種智力運動，猶如腦體按摩，堅持讀書，腦細胞就會不斷更新，可見讀書有利增壽養生。

正如星雲大師所言，讀書就像是在閱讀人生。唯有讀書，知識永遠是智慧。讀書的種子，會埋在人們心裏，因緣聚會時，它會成長、開花，也就是所謂「開般若花，結般若果」。我在想，與疫情博弈，把自己埋進書海看書，先撿起手邊那本之前沒看完的書。讀大師的書，就是一種「宗教體驗」。

心情的配方

作　　者：江迅
責任編輯：彭月、劉婉婷
封面設計：BeHi The Scene
美術設計：百盛達
出　　版：明報出版社有限公司
發　　行：明報出版社有限公司
香港柴灣嘉業街 18 號
明報工業中心 A 座 15 樓
電　　話：2595 3215
傳　　真：2898 2646
網　　址：https://books.mingpao.com/
電子郵箱：mpp@mingpao.com
版　　次：二〇二〇年七月初版
I S B N：978-988-8687-10-7
承　　印：美雅印刷製本有限公司